叶英儿◎著

葬花填词集

上海文艺出版社
Shanghai Literature & Art Publishing House

图书在版编目（ＣＩＰ）数据

栽花填词集 / 叶英儿著 .-- 上海：上海文艺出版社 ,2023

（神农文化）

ISBN 978-7-5321-8924-3

Ⅰ .①栽… Ⅱ .①叶… Ⅲ .①散文集－中国－当代

Ⅳ .① I267

中国国家版本馆 CIP 数据核字 (2024) 第 008539 号

发 行 人：毕　胜

策 划 人：杨　婷

责任编辑：李　平　程方洁　汤思怡　韩静雯

封面设计：悟阅文化

图文制作：悟阅文化

书　　名：栽花填词集

作　　者：叶英儿

出　　版：上海世纪出版集团　上海文艺出版社

地　　址：上海市闵行区号景路 159 弄 A 座 2 楼

发　　行：上海文艺出版社发行中心发行

　　　　　上海市闵行区号景路 159 弄 A 座 2 楼 206 室　201101　www.ewen.co

印　　刷：成都市兴雅致印务有限责任公司

开　　本：880×1230　1/32

印　　张：85

字　　数：2125 千

印　　次：2024 年 1 月第 1 版　2024 年 1 月第 1 次印刷

Ｉ Ｓ Ｂ Ｎ：978-7-5321-8924-3

定　　价：398.00 元（全 10 册）

告读者：如发现本书有质量问题请与印刷厂质量科联系　T：028-83181689

裁花填词集

郭田方

贺英儿庆《栽花填词集》出版

栽树种草追日晚，
花鲜果甜喝月圆。
填满荒山绿千里，
词阔意达嘉万年。
集光转暖家团欢！

浙江大学杨夔寿
壬寅孟秋

故书不厌百回读

熟读深思子自知

胡永林书

少年易老學難成一寸光陰不可
輕未覺池塘春草夢階前梧葉
已秋聲　宋朱熹偶成一首壬寅春月池居□

詩書縂使人進步

擁有詩書便擁

有完美人生

壬寅仲春 樊賀

叶葵儿《教花填词集》喜付梓有贺

教花毓秀填词妙
一卷芳菲赤子情
高唱放怀挥健笔
集成风雅尽珠玑

加拿大闹山 ■

序

卢曙火

前不久与省科普作协朋友聊科普创作时，朋友特别提到了叶英儿这几年创作勤奋，收获颇丰，每年都有一本甚至几本作品集出版。对此，我也颇有同感。刚刚读过她的《英华夜谈》，现在又有一本《栽花填词集》即将付梓。

同样是创作者，有人出部书很轻松，有人却"吟安一个字，捻断数茎须"，为何有如此差异？有位科普界友人颇有见地，他说，有的人笔下的文字是像泉水一样涌出来的；有的人笔下文字是像榨汁机一样榨出来的。那么产生这个差异的原因何在？大概是因为发现、概括、提炼"文眼"的能力不同。所谓"文眼"，就是文章的精神所凝点，全文之旨，是一个人对生活的哲理感悟。日常生活中，任何平凡细碎的事情都蕴含着它的内涵和意义，谁能说"文眼"只存在于风花雪月之中？谁说柴米油盐酱醋茶里就没有诗意？前段时间从《文摘报》上读到一篇《食堂里的人间悲喜剧》，我非常敬佩作者发现感悟"文眼"的能力。在单位上班，几乎每天都需到食堂就餐，但大多人都对这个生活现象熟视无睹，只是把它当作一个就餐场所。但作者却对"食堂"有了独特的理解：食堂是职场的隐喻，各种不同的角色，不经意间在这里更有本色的表演。他发现，打菜排队，如果正巧跟在大人物后头，窗里窗外会呈现一种微妙的气氛，掌勺分菜的大姐会夸张地给那位重磅人物舀上一大勺，紧随其后的小人物菜勺里分量也跟着多一点点，接着会逐次回归公平，因她不能显得太过势利；食堂也可观察人的自制与修养，有人"咣当"一声筷子掉落，会头也不低地再去拿一双；他还发现大多人的饭点都固定，所以，这一桌人永远是这一群，而非那一群。最后，他得出一个结论，食堂空间像一个巨大托盘，在它的各种光线下，会以不同切割面折射出自己的色彩。自己不仅是端托盘的人，也是命运大托盘上的人。

笔者敬佩作者能从这一平凡的日常生活中感悟到如此深刻的生活哲理，读后令人醍醐灌顶。

读叶英儿的《栽花填词集》，我也产生了这样的感觉。她这本文集与《食堂里的人间悲喜剧》有异曲同工之妙，与以前出版的几本集子有所不同。以前的集子，内容高大上的居多，但这本集子的题材基本都是身边日常之事，叶英儿随手拈来，把一件件细碎之事写得饶有情味。如《由买太阳镜想起的》《擀大面》《看电影》《陌生的朋友》《看书》《养狗记》等都是，从这些生活碎事里叶英儿能写出自己的独特感受，能状平凡之景闪现慧光。如《看电视》，她以纵的历史视角，透视了看电视画面的变迁。当年整个村里只有最富裕的一个家庭才有电视机，看电视需凭"面子"去别人家"蹭"，再到村里电视机逐渐增多，直到自家也有了电视机；最后由于信息来源渠道的丰富，对看电视"心生厌情"，对电视"不感冒"。这一过程深刻反映了社会科技的进步，物质生活条件的改善，生活方式的改变，写出了时代之变。从司空见惯的生活琐事中找到文章的主旨，发现精神的凝聚点。这需要作者的慧眼，需要升华意境，奠定行文基调，理清全文脉络的筋节，掌握文章各部分相互联系的关键，需要作者多年的修炼功夫，作者具有"慧眼"，才能发现日常生活素材中的"文眼"。

《栽花填词集》中另一方面的重要内容是写身边的亲友，写他们真挚的亲情、友情、乡情。写法上与前几本书也有所不同，前几本书中的人物多以仰视的角度描写，这一本集子中的人物则大多采用平视的角度，写家庭成员之间深厚无私的血肉情感，写友人之间真诚朴实的情谊，写同事之间互相提挈、助人长进之无私。每篇虽着墨不多，但寥寥数语，一个人物形象便跃然纸上，如《爷爷与奶奶》《校长大哥》《和黄楣焕老师在一起的日子里》《亦师亦友张永坝》等。《捉泥鳅的父亲》中描摹的父亲是村里有名的能人之一，是一个船长，但叶英儿对父亲的刻画却是从捉泥鳅的角度展开的，给我们描绘了一个能干、吃苦耐劳、含辛茹苦地挑起养家糊口重担的父亲；在空闲时节，到水塘里捉泥鳅，"汗流浃背、全身湿漉漉"，把泥鳅出售换钱，给兄妹五人缴学费，让家人过上温饱的生活。一个对家庭有强烈责任感、对子女充满无限爱意的父亲形象便栩栩如生、跃然纸上了。《爷爷与奶奶》中则刻画了一个早年守寡、缠过小脚从旧社会过来的、能识字、会医术、会绣花、会自编儿歌、会讲故事给他们听的奶奶，虽然全文只有数百字，却已让人认识了一个立体全景式的奶奶。

在《栽花填词集》中叶英儿自己比较看重的一个内容是阅读点亮人生系列评论作品。如《诗坛一树梅——评传统诗词合集〈四甫六媛集〉》《读黄忠波先生的〈霓岙山〉有感》《弘扬马兰精神的一部力作——读杨达寿的〈启尔求真〉有感》《一位老报人的回忆——读章胜利的〈一个开杂货铺的人〉》

等，其中《诗坛一树梅——评传统诗词合集〈四甫六媛集〉》是对吴门子弟传统诗词创作集的评论。《四甫六媛集》是吴门子弟四男六女作者的第一次集体亮相，其中也收进了叶英儿诗词作品。有人认为，传统诗词在唐宋时期已到达顶峰，后人不可能超越，但实际上"江山代有才人出，各领风骚数百年"，一个时代有一个时代的特色，一个时代的人物有一个时代的感受和见解，诗词状景写物，旧时代并不能全部代表新时代。叶英儿写评论，致力于弘扬优秀传统文化，并亲力亲为，投入到诗词创作的实践中。她对书中的十位作者都做了点评，分析他们不同的艺术风格特色，有的洞微烛幽、入木三分；有的寓情于物、情景交融；有的含蓄深刻、引人遐想；有的清浅明朗、细腻蕴藉等。叶英儿认为，作词的高手必须要练意境，词格，字句再好，没有好的意境也是不行的。《四甫六媛集》中的许多诗词立意新深奇，蕴藉丰厚，艺术精湛，写景状物，能营构形神兼备的意境，使人回味无穷。

正如叶英儿《满江红·风初静》所说，我们正生活在一个诗书漫卷、天雨流芳、百花怒放、科技神速发展的好时代，在文坛林立高手的努力下，诗书林中果香阵阵，喜讯频传。愿叶英儿的《栽花填词集》在天雨流芳时代中也能划出一道美丽的霓虹之光，为时代献上自己的一瓣华香！

（作者系高级经济师，历任中国科普作协理事、浙江省科普作协常务理事兼科学文艺委主任，报告文学作家）

目录
CONTENTS

诗词百篇集

弘扬马兰精神的一部力作

——读杨达寿的《启尔求真》有感

　　浙江大学杨达寿教授是知名的科普和文学两栖作家，他几十年如一日地以苦行僧似的方式执着于科普和文学创作，为我们撰写了中国百年名校人物系列丛书（《浙大的校长们》《浙大的大师们》《浙大的学子们》），还有《赤子春秋》《竺可桢》《施雅风》等多部文学传记。2022年6月15日，我又收到杨达寿教授20多年心血的结晶《启尔求真——核研试浙大人》一书，这是他至今出版的第55本书，亦是写作最艰难、"产期"最长的一本文学传记。我爱不释手很快拜读完，读后令我感慨不已。

　　浙大校长吴朝晖院士在序言中写道："本书就是关于这群浙大人许党报国的故事。书中遴选了浙江大学参与核研制、核试验的18位杰出校友，以及核试高速摄影911课题组的多位知名教授，集中展现了浙大人在核研制、核试验领域的奋斗历程……立体地还原了'马兰浙大人'忠诚担当的家国情怀。"

　　该书是杨达寿教授在耄耋之年，克服种种困难，多年静心

笔耕之力作！他带领我们回顾了那段浙大校友们为国奋斗、激情燃烧的峥嵘岁月！让读者了解到党领导中国原子能事业发展的历程，深刻感受到以"核研试浙大人"为代表的科学家群体的伟大人格与精神境界！鼓励我们为实现中华民族伟大复兴的中国梦而不懈努力！

杨达寿教授写的《王淦昌》一文生动、感人，读后令人难忘。王淦昌是核物理学家，中国核科学的奠基人和开拓者之一。参与了中国原子弹、氢弹原理突破及核武器研制的试验研究和组织领导，是中国核武器研制的主要奠基人之一。荣获国家自然科学奖一等奖、国家科学技术进步奖特等奖等奖项，是"两弹一星功勋奖章"获得者。杨教授在该文中娓娓道来："在长江与太湖之间，有一块年年风调雨顺、岁岁五谷丰熟的膏腴之地，人们为感恩，便深情地唤她为'常熟'。古往今来常熟山清水秀、人杰地灵、人才辈出。据说，如今两院院士中，常熟籍的就有18名之多。核物理学家王淦昌就是生于斯长于斯的杰出人物之一。"这样优美的文字，这样温婉流畅的叙事，也只有大手笔的作家才写得出。再看文章的每个小标题下的章节，很清楚、明了，让人耳目一新，看着不累。如：《苦中有乐勤读书""艰苦环境育英才""埋名研制两核弹""专家暮年争世先""勤俭温馨一家人"，这样分章节写，即明了畅达，又丰满不杂，立意新颖，表达深刻而富于张力，自然多有文采。

杨达寿教授所写的文学传记，没有枯燥的概念和说教，没有看不懂的符号，没有晦涩难懂的逻辑推理，而是有真实的材料，有人物的如实生动描写，有明白晓畅的科学概念等。这关键在于作者拥有丰富的素材和渊博的知识，有熟练驾驭语言文字的能力，并撰写出高度浓缩、可以相互贯通的文字，才使得科学与文学相互融为一体。

再看杨达寿教授在《程开甲》一文中写道："那是一个由英雄群体创造的前无古人的伟业。有志气的中国人，历尽千辛万苦，在极其困难、极其恶劣的条件下，冲破当年两霸的核封锁，依靠自己的聪明才智研制出原子弹和氢弹，外界只能测到它们的波动，无一目睹它们炽热的闪光，更别提在我国核试验中看到那位指挥若定的原子弹专家天才的耀斑了。2001年6月12日，笔者给高校校友工作研究会首期干部培训班学员讲好课，翌日即走上采访程开甲、吕敏和杨裕生三位院士的行程。让我们聆听程开甲院士是如何一步步走上光辉的历程，并领略他那些被岁月藏匿多年的鲜为人知的人生故事。"

这样的语句，这样荡气回肠的开局，无疑是杨教授信手拈来的神来之笔。

程开甲，著名理论物理学家，"两弹一星"功勋奖章获得者，国家最高科学技术奖获得者，获"人民科学家"国家荣誉称号。

请看杨教授写的程开甲的科学人生之路，"走近大师志成才""走向戈壁奏乐章""祖望"开甲"终成家""求是真情永常青"。该文写得情深意长，令人感佩，把一位献身科学的大师写得栩栩如生，为了新中国的核事业，程开甲院士风餐露宿，隐姓埋名，在戈壁沙漠燃烧生命、恪守职责，为了祖国的繁荣昌盛兢兢业业、呕心沥血，忘我工作的崇高精神境界令人敬仰！

又如杨教授在《林俊德》一文中所写，林俊德是中国爆炸力学与核试验工程的著名专家，是45次全程核试验见证人之一。林俊德50余年的军旅生涯，谱写了核试大业的光辉篇章，他以顽强的毅力坚持工作到生命的最后一刻，人民不会忘记，党和国家不会忘记。林俊德当选2012年度全军践行当代革命军人核心价值观模范。2013年中央军委追授林俊德同志"献身国防科技事业杰出科学家"荣誉称号，颁发了追授林俊德的一级英模勋章和证书。2018年，经中央军委批准，增加林俊德为全军挂像英模。2019年，他又获"最美奋斗者"荣誉称号。杨教授用生花妙笔把林俊德院士爱党爱国的科学人生、敬业爱岗的奉献精神都写得尽善尽美，让人读来津津有味。这是一篇难得的介绍科学家的佳作，读来令人感慨与动容，并给人以无穷的榜样力量！它是方向、是标杆、是大爱，是润物无声的行动指南！

《启尔求真——核研试浙大人》中描写的杰出科学家，是对一个时代乃至几代人都会产生深远影响的英雄群体。他们如同条条细流汇聚成汹涌澎湃的江河大海，展现出我们中国核事业发展的历史进程，呈现了那个时代我们国家核研试事业的精神风貌。

《启尔求真——核研试浙大人》一书，是以人物为主线，凸显出新中国成立不久时，为了发展核事业，浙大人为了国家大义，苦干惊天动地事、甘做隐姓埋名人的家国情怀和马兰精神生动事迹的再现，是一座取之不尽用之不竭的精神宝库。不仅气派恢宏，眼界开阔，而且是一本极具爱国主义教育的文本，是青少年读物中的佼佼者，是学校、个人进行修身养性与爱国主义教育的理想素材。

本书句句段段都能让人感到真真实实，有看得见、抓得住的亲近感和现场立体感，是一部科普文学传记的经典力作。核研试浙大人和各基地核研试人一起，无论在青海金银滩3000多米的高寒地区，抑或新疆罗布泊地区的大漠戈壁；无论是寒风凛冽的严冬，还是烈日当头的酷暑，都用中国人自己的聪明才智、自力更生与艰苦奋斗精神，紧张有序地进行着各种类型核试验，奏响一曲又一曲地上、空中和地下的核试验凯歌，为冲破西方国家的核垄断写下光辉的篇章！

该书在叙述各种类型的核研试上都阐述得十分明晰，它是一部集内容丰厚、思想性强、文笔华美及可读性好等特征一身的智慧结晶；是一部围绕核研试浙大人英雄群体在历史中的地位和影响的史书，通过他们攻坚克难的人生经历来观照历史，书写生命，准确客观地揭示他们生活的时代背景、精神风貌，是一本可以传承下去的经典文本。

该书的传主生平真实可信，描写的手法文学色彩浓郁，追求人物和事件的相对完整，再现历史场景翔实生动，是值得大家一读的一部好书！

诗坛一树梅

—— 评传统诗词合集《四甫六媛集》

在灿若星辰的古典文学长河里，诗词独树高峰，是古代文学皇冠上光彩夺目的钻石，代表着绝圣惊艳，如繁星光耀在历史的长空。

有人说，传统诗词已经绝死在唐宋了，但又有谁能否认伟大领袖毛泽东的诗词艺术，他的业绩彪炳史册，而他的诗词造诣早已是流芳百世了。

伟人的诗词，独树一帜，为我们年轻一代树立了光辉的榜样；国学的魅力，弘扬优秀传统文化，更是我们这代人不可忘记的使命。我们任重道远，要努力提高自己的国学研究、创作水平，精益求精，在不断认真学习的基础上，一定会出成绩、出效果的，让我们拭目以待。

作为吴门弟子，第一次集体出书亮相，我很欣喜，很期待。果真，我一拿到《四甫六媛集》一书就很激动，第一印象便是书的封面和装帧非常大气精美，特别是恩师吴亚卿先生那几个字，遒劲、大气、漂亮，真是养眼也养心。

吴亚卿先生的序，写得深厚，有画龙点睛之妙，《四甫六媛集》是由十位作者合著的一本传统诗词集，也是吴门弟子的第一次集体出书亮相，展示成果的一次活动。

先看邵丽的诗词《生日感吟》："莫叹流光逝，休愁镜雪生。思量曾有梦，检点愧无成。幸得诗书爱，相携风雨行。尤期新岁顺，静好理云筝。"《毛诗大序》载："诗者，志之所在也。在心为志，发言为诗。"该五律诗中有人、物中有我，诗人的敏锐，洞微烛幽，发他人之所未发，富有创造精神，具有深刻的启发意义。

寓情于物，寄托遥深，表现细致曲折，叹息时光易逝，功名无果，自述自己爱好诗书，得以自娱，同时也表达了作者的清高，及理想和抱负。虽然理想难于实现，但诗人依然期望自己能有所作为，及活到老学到老的良好心态，情景浑融、寓意深远。邵丽的这首五律，虽然是写她自己，但的确是大多数人的生存状态的写真，经她的妙笔点破，很能引起读者的共鸣。

邵丽的诗词往往有自己独到的见解。写诗首先要强调立意，不能只重视语言的锤炼。张表臣《珊瑚钩诗话》说："诗以意为主，又须篇中炼句，句中炼字，乃得工耳，以气韵清高深邈者绝，以格力雅健豪雄者胜。"一首诗，既有好的立意，又有精准的语言表达这样的立意，才能做到"语意两工"，符合内容与形式的统一以及诗词审美的需要。

如邵丽的七律《过宣平荷荡》："十里瑶池菡萏香，鸥飞雨跳迓红妆。胭脂粉黛凝清露，浅淡参差恋碧光。水映天姿诗客醉，云含国艳画工忙。棹歌惊醒嘉鱼梦，划碎凌波意未央。"

该诗立意新颖，表现手法含蓄而深刻，炼字精准，动态描

写生动形象、别开生面、匠心独具，诗味浓郁，引人遐想，富有画面感，拓展和深化了画境。

胡平的诗词如《西江月·庚子初秋与同学避暑磐安乌石村》："乌石屋檐晚鹊，竹风溪月秋蝉。沁凉小聚话当年。忆得浮生几片。飞瀑悬流林外，奇峰绝壁村前。垣墙高瓦倚云边。田墅炊烟又见。"该词句法参差，错落有致，音节流转荡漾，极尽抑扬，意境、景象疏广阔大、典雅庄重。要做一个优秀的填词人，首先，他也应该是个优秀的诗人，学词的前提是先要学好诗。诗可以阳春白雪，词必须细腻蕴藉。词言情，诗言志。词婉于诗，清浅道白，花前月下，只要是真情实感，定能成就有新意的作品。

再看胡平的词《潇湘神·湖岸遐思》："青柳枝。青柳枝。岸边轻拂动遐思。水影鬓霜惊岁暮，浮生零落了何时？"

作词的高手必是要练意境，词格和字句都在后面，你的字句再好，没有好的意境，也是不行的，该词立意新深奇，蕴藉丰厚，艺术高超、精湛，使人回味无穷。词贵在含蓄曲折，胡平的词和诗能写真景物、真感情，能营构情景交融、形神兼备的意境，实属难能可贵。

卢干进的诗《海虹彩印二十周年志庆》："毕昇推活字，印艺海虹扬。昔别铅和火，今迎电与光。纸飞机起舞，色丽墨飘香。文美装帧雅，同歌业盛昌。"

这首五律写得酣畅淋漓，是写卢干进同志所从事的事业，他是一位成功的企业家。首联点题，是讲述印刷艺术，颔联描述印刷艺术的进步，特别是高科技使印艺越来越先进。颈联继续写印艺的高超技术和墨香飘逸，色彩绚丽的玄妙；尾联写印刷业的繁荣昌盛，及图文装帧之高雅之事。好的结句能使诗言有尽而意无穷，这首五律的结句直抒胸臆，寄托诗人的理想、抱负。该诗炼字精当，情景交融，富有变化，给人一种昂扬雄浑的气势。

卢干进的词《忆江南·鄣吴》："安吉好，最美是鄣吴。竹海云天如翰墨，红砖青瓦胜丹图。风景这边殊。"诗庄词媚不仅表现在题材上，也表现在语言风格上，诗的语言比较庄重典雅，词较诗而言，语言比较纤秾清丽。该词写得深婉、细腻，意境开阔，色彩绚丽，大气又精巧，营造的意境生动，引人遐思。

高玲的《恩施七星寨登峰得句》："峭壁青林鸟语稠，谷畴田畔见牛悠。李桃千树盈盈笑，四月山中春色柔。"该绝句景中含情，通过景物渲染出某种意境和心境。四句诗，美中带画，画中含情，一派繁花似锦的牧牛图，很美，很自然，很是春色满园，很是鸟语花香，显示了作者深厚的文字功底和语言驾驭能力。

高玲的五律《千岛湖乳洞村》："百里晨光爽，四围层嶂幽。吊瓜依架挂，包谷待农收。石上溪歌曲，林间鸟啾啁。新楼鳞次立，富足气清悠。"该律诗境界阔大、画面优美，徐徐展开千岛湖的诱人景色，田野一派丰收的情景，大自然生机盎然，高楼林立，欣欣向荣，繁华气派，表现了田园、民生、家国情怀的个人情感，抒发了诗人的喜悦和由衷的幸福感慨。该诗用字精确，文采、文思以及谋篇布局都匠心独运，主旨鲜明，是一首难得的田园风光诗。

王天德的词《苏幕遮·观赏棚植石斛偶得》："翠苔葳，

黄蕊窈。远眺铜山，绿树清风袅。云伴梳翎溪窈笑。芳草茵茵，却露花枝俏。更今朝，康健绕。巧在仙娥，岂有斯人扰。森宇春风诚是宠。醉印红笺，依约相知找。"该词意境曲折、丰富，含蓄隽永，形象生动，语言清浅，抒情写景，情感真挚，给人一种共鸣和耳目一新的感觉。

王天德的七律《获光荣在党五十年纪念章有感》："盛夏凉风时序长，鸟飞云语尽花堂。忆前宣誓青春梦，而后瑰词五十芳。荣誉册文荣誉笑，纪念章里纪念昂。音诗画舞红霞醉，百载追寻意气扬。"该诗写光荣入党五十年受表彰的心理历程，心中似大自然的春天鸟语花香一样，豁然开朗。诗人此时心潮澎湃、意气风发，思想融入到瑰丽红霞的醉美里，回忆自己的青春岁月，无限感慨和荣光，在诗人心里绽放出美丽缤纷的色彩和醉人的芬芳。

陈荣才的诗《入夏杂吟》："柳色一枝长，蛙鸣半亩塘。晴云逢夏至，赤日绕高冈。翠鸟衔波影，新蝉噪曙光。绿披蕉叶嫩，荷绽待花香。"这五律诗是一首非常优美的田园诗，诗人描写具体动态，将"柳色""蛙鸣""翠鸟""蝉鸣""蕉叶""荷花"等这样常见的景象组合在一起，构成了一个有声有色、动静相宜的深幽意境，引人遐想，给人丰富的暗示和联想。该诗意趣优美、语言灵动，是一首成功的田野风光诗。

陈荣才的词《渔歌子·舟楫鉴》："春到江南叠翠微，轻舟悬槛看云飞。惊白鹭，逐清溪，流霞映渚不思归。"该词意蕴丰富，景色廖廓迷人，用不思归反映了江南春日的诱人魅力，极富雅趣，也体现了作者的文学才华与功底。

于万岳的诗《咏春》："一夜东风入我家，青丝万缕绿窗纱。隔帘犹见红英落，燕啄春泥丰是花。"这七绝，写得相当有生气，春的盎然生机、春的俏丽令人怦然心动，也反映出诗人高超的艺术功力。

再如于万岳的《立春》："满屋清香赏腊花，东风又拂柳丝斜。春来常盼双归燕，再剪新枝到我家。"这首诗写尽了平民百姓家的心愿，特别是农村，"春来常盼双归燕，再剪新枝到我家"是常景，但诗人表达上含蓄而委婉、温婉而清丽，情味深长。

陶益萍的诗《乡间路上》："晨踏乡间路，微风浮嫩凉。山明溪柳绿，水净野花黄。忽听林禽语，时闻夌笋香。春泥流屐下，衣袖染芬芳。"该五律写得风高气爽，朴实无华，又轻快、灵动，给人一股春风拂面的清丽。诗句凝练，语言形象、典雅含蓄，言近旨远，富有感染力。诗人笔力灵动自如，富有潜力。

陶益萍的词《卜算子·村姑捣衣》："山抱曲溪流，翠倚清砧老，时见村姑款款来，鼓腕将衣捣。棒杵脆声长，水韵幽幽裛。日日春风拂素颜，苍野佳人笑。"该词写得优美、轻巧、传神，词人用简练的笔墨，动静结合、点面兼顾地描绘出生机盎然的山村景色，体现出词人热爱自然、热爱生活的美好情感。词人的笔力丰润而轻盈，情景交融，人生的点滴感悟、生活的点滴瞬间，都能在一片流动闪烁，如诗如画的活泼文字里，显出隽永含蓄、韵味无穷的魅力。

赵玲玲的《渔舟唱晚》："渔舟谁唱晚？西子拥斜阳。欲吻清波水，依依不起航。"这五绝写得生动、传神，又极富雅趣，用比拟的手法将渔舟写得鲜活生动。本诗语言精练、内涵

丰富，诗的语言与诗的内容浑然一体，使诗具有动感，深化了诗的意境。

赵玲玲的诗词《浣溪沙·辛丑咏春》："湖上群峰岁岁芳，燕鸣剪柳不寻常。海棠庭院筑巢忙。雨润柔桑含眷意，风吹花蕾蕴馨香。蜻蜓蛱蝶渐飞扬。"

该词准确勾勒出春天的形象，摹写物态精准、细致，传情达意，充满动感，表现出春天的气势意境和情趣，写出了词人向往美好春天的积极乐观心态和文人雅趣的精神风貌，独具匠心且使词产生灵动、深远、新奇的艺术魅力，余味不尽。

叶英儿的《枫叶》："枫叶惹人痴，嫣红姹紫时。随风飘落地，挥笔可题诗。装点秋山景，偷涂天女脂。自由还自在，何必寄相思。"该五律用比拟手法，推出一个新颖的立意，表现出含蓄而深刻的道理。炼字精准。生动形象富有质感的画面，极富雅趣，有力地张扬了枫叶的个性（即某些人的个性和风格）。

最后用叶英儿的词《满江红·风初静》作为结语："天雨流芳，花怒放、诗书漫卷。栏畔倚，海天高阔，百花同赞。岁月红尘千百载，韶华剑气霜消散。夜渐沉、游子念回归，如飞燕。丝柳软、风渐缓。霞似火，云如绢。望孤舟一叶，鹭飞鱼窜。海外桃源多曼妙，桑田沧海时沉醉。风初静，一曲念君安，随人愿。"

我们正生活在诗书漫卷、天雨流芳、百花怒放的好时代，传承和弘扬国粹义不容辞。传统国学，特别是古典诗词，更需要我们继承，愿更多优秀的作品问世，把古典诗词的精髓发扬光大。

一位老报人的回忆

——读章胜利的《一个开杂货铺的人》

　　和章胜利先生认识纯属偶然，因为都在浙江省科普作家协会里，所以彼此有些熟悉。章胜利老师是浙江绍兴人，曾任编辑、记者，浙江省作家协会会员，浙江省科普作家协会会员，《中外旅游》杂志主编。著有文学、科普、学术、儿童文学和电影《前世今生旗袍缘》《晚清四大奇案之杨乃武与小白菜后传》等30余部作品；策划组织10余项全国、省市大型文化活动；游历40余国家。

　　收到章老师的《一个开杂货铺的人》，我开心地看了起来，首先吸引眼球的便是书名，其次是厚度，528页，加照片彩页，有砖头这么厚。

　　该书富有传奇色彩的是作者讲述他的舅公邵力子先生。他在书中写道，邵力子与张学良一起在陕西省西安市，邵力子是省政府主席，张学良是军区司令……

　　我在网上搜索到有关邵力子的简介：

　　邵力子（1882年12月7日—1967年12月25日），原名邵

闻泰，字仲辉，号凤寿。浙江绍兴人。中国近代著名民主人士，社会活动家、政治家、教育家。复旦大学杰出校友，早年加入同盟会，并与柳亚子发起组织南社，提倡革新文学。民国九年（1920年）加入上海共产主义小组，1921年加入中国共产党。主持上海《民国日报》，任总编辑。民国十四年（1925年）任黄埔军校秘书长，参加国民党改组工作。民国十五年（1926年）退出中国共产党。民国十六年（1927年）后，历任甘肃省主席、陕西省主席、国民党宣传部部长、驻苏联大使等，主张国共合作。中华人民共和国成立后，曾任全国人大常委、政协常委、民革常委等。

章老师继续写道："邵力子一生贯穿了中国近代、现代、当代三个时代，他见证并几乎参与了20世纪上半叶中华大地上所有的重大事件。"

在那个启迪蒙昧的时代，他是中国现代新闻和革命事业的开山祖之一；在那个风云际会的年代，他是中国共产党员之一；在那个黑暗无边的年代，他以如椽之笔直刺血腥现实，无惧刀剑……

在他跌宕起伏的一生中，他始终以一介书生的意气和一介布衣的磊落看待世事巨变；他就是近现代著名的民主进步人士，文化学者、教育家、政治家、外交家，被毛泽东誉为"爱国和平老人"的绍兴乡贤——邵力子先生。

章老师在该书又写道，他的祖父章镜尘是浙江大学校长、中国近代地理学和气象学的奠基者竺可桢院士的启蒙老师。章老师写道，章镜尘先生不愧是一个慧眼识骏马的伯乐，竺可桢日后在学术界、科技界取得非凡成就，足以说明这一点；而对先生的知遇之恩，竺可桢也十分感恩，并且时刻铭记于心。

章老师在书中写道，他当过工人，至1984年41岁的他才实现儿时的梦想，到报社当了记者、编辑。任编辑、记者期间，又因种种事情，见到了许多名人、伟人等。总之，这本洋洋洒洒带有自传体的书籍写得实实在在，让人看了觉得有趣又有文采。散文是文学的一大样式。中国六朝以来，为区别于韵文和骈文，把凡不押韵、不重排偶的散体文章，包括经传史书在内，概称"散文"。广义的散文包括杂文、小品文、随笔、报告文学等。

《文心雕龙·神思》中说："观山则情满于山，观海则意溢于海。"所谓借景生情、睹物思人、直抒胸臆，这些都是用来说明情感表现的主观性。散文的形式灵活，但是作品中贯穿始终的是作者的情思。

章胜利老师的文章语言优美、自然，不矫揉造作，如他写道："西湖是造化的神来之笔，截取东南形胜一角，鬼斧神工般雕琢而成。西湖山水之秀丽，景致之妖媚，天下无出其右，纵是丹青妙笔难以描摹这幅囊括宇宙隐语、自然真谛的天开图画，纵是历代文人墨客也吟咏不尽那湖山林壑间流淌的灵动诗韵。"

虽然我们跨入了全民写作时代，一个名副其实的人人书写的新媒体时代。但要想自己在写作上胜人一等，那要花费很多时间精力，特别是在阅读上的时间。如，立意炼意，创新为上；写境造境，高远为上等。而章老师的文章恰如其分地做到了，他的文章如诗一样清丽，又别具慧眼、匠心独运。

又如他的《别有情趣六月荷》写道：炎炎夏曰，当你沿杭

州西湖断桥漫步时，映入眼帘的是莲池翠盖红裳，那枝枝亭亭玉立的荷花，凌波摇曳，别有一番情趣。大红的、桃红的、洁白的荷花，有的怒放、有的含苞，洋溢着阵阵清香，令人流连忘返，真可谓："何物媚游人，微风动池荷。"

章老师的科普小品文写得得心应手、惟妙惟肖，文字娴熟、俏丽、活泼，充满形象和理趣，情调亲切优美。有时质朴，有时绮丽，有时平淡，有时崇高，有时阳刚，有时婉转，有时阔大，有时纤小……

如他的《前言》中写道：花开，以其姿色，风韵，馨香飨食人们，给人以享受，既有自然的天然之美，又有莳养者的艺术之美，从而增添人们生活的情趣。历代文人墨客将花卉作为美的象征，赋予其深刻的文化内涵，寄予人们的追求和希望，从而出现了以花卉为主题的诗词、传说、绘画及音乐等，形成与花卉相关联的花卉文化。花卉的优美形态和深刻寓意已融进了人们的日常生活，体现了社会的精神文明和健康民风民俗，从衣食住行、聚亲会友、红白喜事，到喜庆佳节，国内外重大交往活动，都要有鲜花陪伴，爱花传统蔚然成风，代代相传。

章老师的写作语言真实自然，内涵丰富多样，反映了作者的高水平学识修养及独特的性格。他写的科普小品文语言锤炼、畅达，和谐优美、朴实无华，文笔简练，参差灵动，巧于变幻。

总之，《一个开杂货铺的人》一书，是章胜利老师的呕心沥血之作，它丰富多彩的表达技巧、富有哲理艺术的语言，很值得我们年轻一代学习。

来自碧海蓝天的一抹诗意

——读余退诗集《夜晚潜泳者》

文章是什么？《文心雕龙》赞曰："妙极生知，睿哲惟宰。精理为文，秀气成采。鉴悬日月，辞富山海。百龄影徂，千载心在。"

余退就是搞文字工作的人，主攻文学创作这块，科班出身，他在年轻一代人那里可以说是才华横溢、出类拔萃，是一位能写、会穿、高颜值的文学翘楚。

古今中外有关"诗"的定义和描述可以说多如牛毛，有言志说，有缘情说，也有人用简单的一句话定义，诗是节奏化的最有意味的语言形式。诗的语言是最动人的片段和瞬间，它既包涵感性方面，也具有理性方面；它既有意象的成分，也有音韵节奏的成分。我们常常说，诗是语言的艺术，诗又是最富音乐性的语言艺术，其真挚、浓烈、含蓄是其他文学类型所无法比拟的。

伟大的艺术家总是在追求超越有限，达到无限。在文学创作的艺术表达过程中的"言不尽意"的痛苦，也成为文学家挑

战自我、突破限制的机遇，余退就是一位孜孜以求、永不言倦的探求者。

他的《填石》："飘荡在海底，保持着愤怒/它发出的悲鸣，被海水裹挟而去/仿佛只是在呼唤着自己//像永不知疲惫的精卫/它对抗着海水，用磨圆了的棱角/时间里掉落的沙，铺满了海底/等待着早已死去的复仇之鸟/又叼来另一些新的石头//如果填石可以顿悟/它一定会决定生出另一些石头/失去推力的滚石，会独自上山。"

艾青说："写诗的人常常为表达一个观念而寻找形象。"能捕捉到新颖的形象，也就有了写诗的素材。余退的这首《填石》是精卫填海的演化和延伸，精卫填海象征着百折不回的毅力和意志，同样这首《填石》也有内涵，有着异曲同工的精妙和说理比拟，更是诗人心物交融的想象。意象是诗人主客观融合的产物，是诗人通过感觉的想象而创造的一个具有强烈主观色彩、能为读者所感知的具象。无疑，余退在这方面是成功的，并且应用得得心应手。

通过想象熔铸而成的诗歌意象和意象群，往往是含蓄、朦胧的，能够启发读者的想象，诗歌忌晦涩，更忌直白，既非一无游踪可觅，又非一览无余。余退在写诗的过程中既遵守了规则，又偶有创新，他的这些诗歌能让人常读常新，又能让人看到诗歌继承者的功底和希望。

又如他的《散落的念珠》："柔韧的丝线断裂，散落的念珠/像碎进夜的雨声摔在耳朵上/似乎预示着不祥，勒过的手腕松开/熟悉的捆绑。着急搜寻的人低头/被迫唤醒缺憾所遮藏的天赋/所有她拾起的都将重现洗净之美/那多少次蒙尘而涌现的/生的裂纹。她的指尖将再次转动/连同遗珠所空出的隐耀星辰。"

这首诗是关于我们大家都经历过的熟悉又有感知的散落念珠，描写出了大家平时的心理历程，惟妙惟肖的微心理变动，以及微妙的心理动态，入木三分，很能引起读者的共鸣。余退写的这首诗的妙处，就是平衡了主观意象与客观意象，给人一种自然、灵性、心动的感觉。余退的这首诗朦胧又带有隐喻，给人温润、清凉的意境，也写得生动、迷人、准确，这就是他的高明之处。

诗歌意象的叠加，可以构成一个完整的形象，起到象征、暗示、比喻的作用，创造出深远悠长的意境。余退的这些诗作在创作过程中同样非常重视这一技巧，这使他诗歌文本更接地气，也更容易达到一个新的高度。

纵观余退近几年所写的诗歌，有巨大的上升，也能运用朦胧多义、跳跃与省略、词语错位等写作性技巧。特别是他的诗歌语言，有了"陌生化"的语境意味，这也是他多年追求诗艺语言的结果，以及诗人具有的艺术匠心。

我敬佩这样的诗人，来自基层，没有任何背景，凭着一股子对文学的热爱，在夜晚的灯光下编织着文学的梦想，粗糙而真诚，充满穿透力。他们没有任何华丽的修饰，即便无人喝彩，也毫无怨言。他们是值得尊敬的文学工作者，他们坚持用诗性的一生来奖赏自己，偶尔有鲜花和掌声，但更多的是寂寞和无奈。他们坚守内心的梦想，在任何情况下，都不曾放弃。

文章千古事，得失寸心知。愿余退的诗意人生，步子迈得更加坚定，根向大地，叶向太阳，蓬勃而发，终成参天大树。

读黄忠波先生的《霓岙山》有感

　　看了散文集《霓岙山》，再次被黄忠波先生的勤奋所感动。黄忠波老师原是我们单位的支部书记，大学中文系毕业，中学高级教师，在他退休后，才真正开始文学创作，而且是一发而不可收，至今出版了六部著作。

　　文学是用语言文字表现思想情感的艺术，一个人只要有思想情感，只要能运用语言文字，也就具有创作文学所必需的资禀。

　　散文被视为"抒情的艺术""情种的艺术"，在各种文学样式中，最适宜淋漓尽致地抒发情感，同时也最需要坦露真情。无论立意、选材、章法、结构等，莫不缘"情"而定准，随"物"而赋形，自由灵动，变幻多方。

　　如该书中，黄老师所写的第二十七节——山之情。其中有一段："特别是雪中的山尖一片银装素裹，唯有一条被人们踩出的雪中之路，似一条彩带把霓屿南北两端系在一起，山尖就是这条彩带的结，它是霓屿人心中的神，希望寄托之所在。""道路两旁林木葱郁，花草茂盛，还不时会在你眼前窜过小松鼠和野猫，树上的鹌鸪、山雀、白头翁等正引吭高歌，似乎奏出欢悦祥和的乐曲。"

这样美妙的文字，像那清亮、活泼的潺潺山泉，会伴随你兴致勃勃地一路观赏下去，流连忘返。

散文是可以宁心静气，悠游不迫地记事、议论、抒情、写景。它是自然的美、质朴的美、随意的美、亲切的美、从容的美。美得丰富多彩，美得汩汩流淌。

黄忠波老师的散文语言从词语的选用、句式的调配到篇章结构的安排，都恰如其分，做到字不可删，句不可减，大有"增之一分则太长，减之一分则太短，著粉则太白，施朱则太赤"的完美境界。

真实自然是本书的一大特色，文学艺术的真实性问题与文艺本身一样古老，文艺与真实性是不可分的，真实是文艺的生命，也是文艺反映生活的基本原则。

散文的语言是艺术的语言，而从艺术本质看，艺术的真实并不要求与生活完全一样。黄忠波先生所写的《霓岙山》这本书，语言畅达、朴实、简练。

曹靖华先生在《谈散文》中提出："凡一种主张或理想，通过令人百读不厌、百看不烦，步步引人入胜，令人不知乎之舞之、足之蹈之的艺术手法表达出来，恐怕更能深入人心，使人振奋，令人一发而不可遏地奔赴共同的伟大目标。"运用各种艺术表现手段、表达技巧，是决定文章千秋成败的关键之举。

那些历代流传下来的文章名篇，除了蕴含久经考验的至理外，在表达上往往也都是创作者匠心锤炼的结晶。黄忠波老师

的散文创作也很讲究技巧，他在该书中所写的文章内容包罗万象，有叙事说理、有抒情写意、有写景状物、有刻画人物，不拘一格，或浓或淡，多姿多彩。

该书共八章，二百十七页，十二万字，团结出版社出版发行，是黄忠波老师将亲情、友情、乡情等串联起来述说的一本散文集，值得大家一读。

永葆一颗赤诚的心

——读黄忠波《"霓"话初心感党恩》

这已经是黄忠波先生的第N本文集了，老党员访谈录，只是听黄忠波老师讲过，为了写好这本访谈录，他有一段非常忙碌的日子，就是马不停蹄地去采访老党员，然后拼命写字成文，一星期后媒体发表。这样的速度，这样的成效也只有黄忠波老师能做到，可见他写文章是胸有成竹，下笔若有神。

这本书共收录五十一名老党员的访谈文章，共179页，配有彩色图文，党员的出生地或户籍都是洞头区霓屿街道，书名为《"霓"话初心感党恩》，是献给中国共产党成立100周年的人物通讯作品集。

在平凡的生活和工作中体现了某种人生价值，或者为人民做出贡献的普通人，这就是黄老师要写的访谈录，其意味深长，充满远见。是的，霓屿街道这些普普通通的老同志，这些平凡而又不平凡的老党员，他们是霓屿街道发生翻天覆地变化的推手，是霓屿街道经济腾飞的拓荒者和见证者。

请看黄忠波老师笔下的党员形象，他们朴实无华、两袖清

风，他们恪尽职守、爱心奉献，他们满腔热血、春风细雨……

如《新中国霓屿第一入党人——老党员林阿品访谈录》写得酣畅淋漓，故事情节生动曲折感人，又十分接地气，把一位共产党员的崇高思想和对党的赤诚忠心的精神境界写得朴实又庄重，使人物平凡中见高大、普通中见伟岸。林阿品作为一名渔业队队长和船老大，以身作则，一身过硬本领，冒着生命危险，勇救一同讨海的渔民，其光辉形象熠熠生辉，永不褪色，表现了老党员吃苦在前、永葆先锋模范的作用和过人的胆识与智慧。特别是写到林阿品成了民兵队长后，为保护渔村，为群众安全，为部队建设，不计较个人安危，风里来雨里去，在大海里与敌人盘旋；在大风大浪中，凭着过硬的驾船本领把解放军官兵安全送上岸到乐清。感人故事和可歌可泣的先进事迹令读者回味无穷，又悬念迭生，像放惊险电影一样，生动形象，波澜壮阔，惹人喜爱。不得不说是作者的妙笔生花，笔端泉涌之作。

如《党之"发展是硬道理"深入人心》——市劳模、老党员刘际金访谈录，其中，不厌其烦地写了霓屿紫菜的"六次变革"，才使霓屿成为浙江"紫菜之乡"乃至"中国紫菜之乡"。"在政府的鼓励支持下，现在霓屿养民已达到普及的程度，几乎是家家有养殖、户户有收入、人人有事干。转视霓屿周边海域，海面上漂浮着一条条如飘带、一排排似铁轨、一行行像栅栏，近处竹子插得密如林，远处白色泡沫浮筒一串串宛如是珍珠撒在玉盘上。掩映在葱郁的林子里的渔村，高楼林立，别墅成群，人们的生活犹如芝麻开花节节高。"

读黄忠波老师写的人物通讯，就会发现其构思都很用心。构思巧妙、立意新颖，语言优美、准确，扣紧与时代脉搏的共振点，使典型的人物形象更加典型，他抒写的老党员形象既见性格风骨，又见家国情怀。他笔下的先进人物，如鲜明旗帜，可以回答当下社会的追问，表现的都是与时代背景相契合的，以小人物为象，与大时代共振，不忘初心、对党忠诚、心系群众、忘我工作、无私奉献的优秀品质，高尚品格背后的大爱至诚，永葆先锋模范作用的党性本色，为改革克难提供强大的精神力量。

黄忠波老师笔下的老党员形象是责任担当，诠释敢教日月换新天的精神气质，是广大基层党员干部的榜样、模范，是基层党员的鞭策和感召。我们只有对标先进、以身作则、争当表率，才不会违背我们入党的初心；我们只有向这些优秀的，拥有不惧牺牲、坚韧执着的高尚情怀，情系苍生的这些老党员学习，才会进步，才会离理想、目标更近。黄老师写的这些老党员十分接地气，刻画得生动感人、丰满立体，是书写"楷模"与"丰碑"的时代印记。

一篇文章，人物形象是否塑造得有血有肉，是否能与读者产生精神共鸣，都是判断人物通讯成败的主要标尺。这其中是有个讲故事的问题，得考虑读者接受心理。根据心理学，人们在阅读时只有内心瞬间产生一种愉悦情感，才有继续读的冲动，如果直觉不能诉诸快感，就会降低甚至取消阅读欲望。黄忠波老师在写这些人物时，也会常常换位体验一下能否吸引读者读下去。如何激发读者的阅读快感，从这些人物通讯看，黄老师确实是娴熟掌握了写人物通讯的文学技巧。他把人物故事中的重要片段写得具体、丰实，用活生生的微观镜头，消解了读者对典型人物概念化、脸谱化的刻板印象，无疑黄老师在这方面是下过功夫的，也是成功的。

　　人物通讯，用文学样式表达往往会增强审美意趣。我们在日常生活中读过的新闻远远超过文学作品，可能记住的文学作品却远远超过新闻。为什么？新闻与文学的功能不同当然是主要原因，但不得不承认，文学作品拥有很多新闻没有做到的叙事抒情策略，能够更加打动人心。人物通讯无疑是新闻作品中最可借鉴文学创作的一种文体，可以运用丰富多样的文学表现手法对文章加以润色提升，而黄忠波老师无疑是做到了，这也是他成功的原因。

　　如《他有一颗慈善的心——老党员柯受钦访谈录》，更像一篇纪实文学，在给人愉悦的审美感受之余，也启迪着人们进行党性与人性的深层次思考。

　　对人物通讯而言，要将人写出精气神儿，若不能真正触摸到核心的东西，如"灵魂"之类关键要素，那绝对不能引起读者的共鸣。黄忠波老师写的这本书里，以求异思维与独辟蹊径的方法，在人物塑造方面高人一筹。他的这些典型人物采访给人更多的立体、更多的鲜活、更多的元素，也许这些典型的人物并非完美无缺，但他们的确是如此努力、如此乐观、如此拼搏不懈、如此和蔼可亲。

　　人物是时代的精灵，有句话说得好："路为纸，地成册；行做笔，心当墨。"当代作家应该要有这种使命与理想，行走大地，情注笔尖，通过对个体人物的精彩描述，来反映我们所在的这个砥砺奋进的伟大时代。

　　愿不久将来，我们又能看到黄忠波老师的大作，那一定会更加精彩夺目。

读陈文林先生《诗外集》有感

收到陈文林先生的《诗外集》，我马上就认真拜读了起来，陈老是我的微信好友，是著名的诗人，楹联诗论的专家学者，虽然平时直接接触得不多，但对他的诗文却是久闻大名。《诗外集》一书分四部分，楹联、格言、诗词理论、序言，皆是陈老聚沙成塔、集腋成裘的结晶，洋洋250页厚的书，每一副对联，每一句格言及诗论都饱含着陈老的心血。

楹联，产生于民间，历史悠久，其发展如野草般虽无人经管却蓬勃蔓延，且日趋规范。历史上没有一种文学形式像楹联那样，上为学者文人所乐道，下为妇人孺子所喜闻；她既可入象牙塔，又能进陇亩民间；既是阳春白雪，又是下里巴人。试看陈老的楹联，"闲抒乾坤，列案浮云堆在砚；期臻技艺，临笺笔韵壮于涛"。"禾结谷苞，江天凝墨连云起；思成莲蕊，胸臆为畦借笔耕。""耕种看田，寻渔访牧，柳指深庄蜂带路，村头妙境二三鹤；休闲觅友，赞桔歌桑，桃披长坞燕迎人，门傍奇联六七言。""四季景迁，野色山容惟见增增减

减，浓浓淡淡；三生梦绕，人情世故总归长长消消，息息兴兴。""浩浩乎志气，持爱民妙策，大任能担当，运筹帷幄温家宝；洋洋者胸怀，掌兴国奇方，强权可斡旋，决胜环球胡锦涛。"这些优秀的楹联作品，犹如璀璨的珍珠，永放光彩。陈老作品深入浅出，幽默诙谐，不乏真知灼见，他的楹联作品深受大家的喜爱。陈老的对联不管是抒情言志、写人叙事或写景状物都做到画龙点睛、节奏鲜明、跌宕起伏，将和谐的韵律、均匀的对偶、跌宕的平仄，将汉字文化的特点表现得淋漓尽致，且极富音乐之美、对称之美、格律之美。其内容包罗万象，形式精巧别致，功底厚实，文笔溢华，读她能使你进入那异彩纷呈的联林世界……

　　陈老的格言，在青少年当中修身养性方面起着一定的积极作用，他平时也比较注重观察生活，也比较重视格言的创作。所谓格言，据台湾《中文大辞典》解："言可以为人准则者曰格言，多指砥砺行为之词。"陈老的格言，做到了言简意赅，读之有味，有的放矢，特别是青少年朋友学习之，实行之，会收到立竿见影的修身养性之效。

　　如："人生有机遇的，那是幸运。人生亦有不遇的，那就须要个人奋斗。有奋斗的人生，更具魅力。""立志开拓前途，坦诚多遇良朋；奋斗通达财富，善始更要善终。""人有遇与不遇，所谓英才亦有落难之时；所谓幸福，如人饮水，一杯在手，冷热即知，一杯入口，炎凉心知。"陈老的格言，精华简练，又时时充满人生的智慧，读起来受益匪浅。他的格言犹如茫茫黑夜中的指路明灯，给世人留下一笔精神财富。青少年朋友因为阅历还浅，读一下陈老的格言，可以从中感悟人生的真谛，找准前行的方向。

陈老的诗论，对于文字的驾驭也是十分自然流畅的。特别是古典诗词的文艺理论，真知灼见、拨新领异、见解独到，令读者耳目一新。在关于古典诗词的意象、情趣、语言等方面的论述颇有见地。

文章千古事，得失寸心知。写古典诗词，诗论需要耐心，需要一种静心。陈老年过半百，放弃工作，全身心投入诗词创作，完成了五千多首诗词创作；曾先后担任温州诗词楹联学会副秘书长，《温州诗词》副主编，成了中华诗词学会、中国楹联学会等会员。他还不时认真拜读国内诗词创作领域的名师大作，一边教学，一边研究，在教书育人中进一步提升自己的文学创作水平。

如今的陈老精神矍铄、神采奕奕。他坦言，生命不止，学习不息，自己将继续在知识的海洋畅游弄潮，在诗词的世界发光发热。

我推荐的陈老的《诗外集》，足可品味，足可效范，可堪珍存，可堪传咏，值得大家一读。

禅境和诗情

——读辛布尔的《西溪文琴》

　　我与辛布尔先生还没有谋面过，我们都在浙西词社的微信群里，她是我们浙西词社社刊《美编》的副主编，也是我们同在的浙江清音诗社的资深社员。那天，我收到辛布尔先生的大作《西溪文琴》，为其作品的大气、意境的幽深、落笔的凝重而赞叹不已，辛布尔先生不愧为我们学习的榜样，也是目前浙江诗词界的女中豪杰，女性诗词中的翘楚，佼佼者也。

　　工欲善其事，必先利其器。看了《西溪文琴》你就知道辛布尔先生的勤奋和努力。辛布尔先生原来所学习的专业是党政基础、经济管理和声乐，六十岁才开始学习诗词创作。她学习得很认真、很刻苦，阅读了大量的诗词，有幸受到了专家学者的指导，勤奋努力、呕心沥血，孜孜不倦地追寻着心中的缪斯。功夫不负有心人，转眼她积累了好几百首的诗词，参加全国诗词比赛，屡屡获得好名次，特别是在2020年获得了第十七届天籁杯中华诗词大赛特等奖，这就是辛布尔先生的诗词艺术魅力和造诣。

纵观《西溪文琴》一书，收入诗词四百余首，虽然不能全方位展示辛布尔先生诗词创作的全貌，但也是可以窥斑见豹的，足以证明辛布尔先生在诗词文学创作方面的实力和斐然的成绩。

中华文明绵延数千年，有其独特的价值体系。其中，诗词一直被认为是中华传统文化中熠熠生辉的瑰宝。古言曰："不学诗，无以言。"它留存着古人美好的情感、高尚的情操、崇高的精神及人生智慧。时至现在，诗词依旧是中国人心中的一种高雅艺术，一种向往，更是一种高山般的仰止。

辛布尔先生具备古诗文的创作能力，撰写出了许多脍炙人口的好作品，她自己也从感性妙悟上升到理性认知的层次，深化了诗词艺术特质与对艺术规律的认识，拓出了新境的一份美丽而厚重的成果。《西溪文琴》则集中展示了她对山水、田园这类题材进行古典诗词创作的艺术成就，她精妙的艺术感悟、精炼优美的语言，更是使她创作的传统诗词更加精美隽永、与众不同。

辛布尔先生的文集更是深藏着美学意蕴，有回归自然，与造化冥合的精神旨趣，是辛布尔先生对人生最高的美感与精神自由的不懈探索与追求。辛布尔的山水田园诗词具有一种特殊的美，特别优美的意境，有种超旷空灵的美和禅的心灵状态；有时也缠绵悱恻，有时也飞跃灵动，有时也超以象外，有时也高妙虚玄，有时也难以揣摩其深意……

诗人让自己的情怀、意念变得非常清澄，没有一丝一毫的杂念，正是在这种状态下才能体悟出山水中蕴藏的自然之道，才能创作出别具一格的诗词，获得空明清澄的意象，创作出涌

泉那样的生花妙笔之作；正是这种空静，使辛布尔的诗作拥有禅的性格特点，使空间万象在心灵的镜子中变成为一片虚静、清明……

山水田园是中国诗歌的重要题材之一，中国千姿百态、美不胜收的山水奇观，为历代文人提供了取之不尽、用之不竭的创作源泉。中国长期稳定的农耕社会的生活方式，使人和自然形成了一种天然的联系，天人合一表现了人对大自然活跃生命的深沉体悟，向往回归自然的淳朴和纯真，是美学和精神旨趣的高度融合，它能唤起人们对祖国山河的热爱之情，给人以生活哲理的积极启示和引领。

看辛布尔的词《满江红·催春》："二月西溪，刚褪去、余冬噤默。临苇岸、一番烟雨，一番清谧。几许乌篷捎白鸟，尽教波彩嬉青鹢。福胜梅、竞发四时香，神飘逸。　　花朝市，秾郁席。塘似染、堤生碧。正暖丝晴絮，翠烟如积。溪界如今绵百里，片云依旧连踪迹。照疏朗、踵接紫葳蕤，浮青墨。"

王国维《人间词话》说，"词之为体，要眇宜修，能言诗之所不能言，而不能尽言诗之所能言"。词较诗而言，语言比较纤秾清丽，又是最细腻、幽微而又精巧的美，这种美是词人寄予其中的深婉隐微的情感，也可以是从容娴雅、徐徐铺排，也可以是悲戚深挚、沉潜刚克。

辛布尔的《满江红·催春》一词，以景为主，营造生动的意境，引人遐思，写早春的色彩绚丽，鸟儿嬉戏，梅花怒放。下片写花、池塘、绿堤，写溪流、白云及盎然生机的春天和无限活力的春草。

该词的过片，"花朝市，秾郁席"发挥着承上启下的重要作用，该词的意境、感情、气脉一气呵成，自然清丽、韵味淳厚，使人心情舒畅，特别清新、美好。

西溪的风光和词人的愉悦心情一脉相连，整首词的意境显得格外亲切和依恋，西溪风光十分协调，其景致层次井然。词人内心安宁而恬静，袅袅的翠烟，浑然一体的自然景色，使人对景物产生亲切感，仿佛从胸中自然流出诗情画意，画中有诗，诗中有韵。全词布局颇具匠心，流畅自如，把对自然美景的眷恋与欣慰表达得酣畅淋漓。

再看辛布尔的五律《茉莉》："素馨多剪蕊，云锦出花房。绣女檀心巧，贞枝玉骨藏。迎风交白嫩，向月抖清凉。天上晶莹种，人间富贵香。"该律诗情理交融、物我合一，将茉莉花拟人化，写出了人生的哲理和欣欣向往的精神境界。

诗人的想象是建立在"观古今于须臾，抚四海于一瞬"与"寂然凝虑，思接千载；悄焉动容，视通万里"，从而熔铸成灵活新鲜的超验性的意象。

辛布尔正是这样写《茉莉》的，作为诗学术语的"意象"，指通过审美思维创造出来的，融会了主体意趣的形象，诗中的意象不仅仅是诗人对过往形象记忆的一种重现和描绘，还是诗人"心物交融"的产物。《茉莉》一诗是诗人主客观融合的产物，是诗人通过感觉的想象而创造的一个具有强烈主观色彩、能为读者所感知的具象，无疑《茉莉》这首五律是成功的。诗忌晦涩，亦忌直白，它要求意象的结构方式是呈现出跳跃性的，有时又要勾画出深邃的意境。只有这样的创作，才能使读者常读常新，无疑辛布尔先生做到了。

又如辛布尔的词《采桑子·芭蕉雨》："窗前檐下芭蕉树，风满中庭。风满中庭。绿裹芳心、舒卷透温情。天边沥沥飘摇雨，点滴晶莹。点滴晶莹。孤坐闲人、啜茗伴清英。"

该词句法参差、错落有致，音节流转荡漾、极尽明朗，有一种节奏韵律的美感。词人驰骋才华，精心琢磨，创作出了这首温润、晶莹、低回婉转、温情的《采桑子·芭蕉雨》。

把芭蕉拟人化了，"绿裹芳心、舒卷透温情"，该词写得细腻蕴藉，九曲十八弯到词人喝茶看花，清闲独坐，观看雨中芭蕉的一系列动态过程，雅情诗意，婉约温情，是对生活的一种体悟和感受。

读辛布尔先生的诗词是一种享受，正如《西溪文琴》中的晨崧诗观曰："禅境，是禅诗作者汲取诗意情感的源泉；诗情，是禅诗作者反映禅境感触的表达。"辛布尔正是同时拥有这两者的诗人，这才使她获得成功，使她的诗词达到一个崭新的高度，生动而富于韵味，多维多面，产生了迷人的艺术魅力。

辛布尔的诗词文本内涵丰富，语言凝练隽永，她的诗词有时幽婉，有时美丽且繁复，有时曲折而含蓄，有时明朗而温润，多元素、多维度、多线条，把诗词的艺术发挥得淋漓尽致，产生了永恒的美的意境和享受，达到了高远清寂、富有禅境灵性的境界，且静悟禅思，这就是《西溪文琴》的印象。

科学诗歌创作的领跑者

——读郭曰方先生的《热土：献给祖国的颂歌》有感

那天我在微信中对郭曰方先生说，我在中国科普作家协会的网上，看到许木启先生写《热土：献给祖国的颂歌》的书评及序言，祝贺郭老又有新书出版。郭老说，《热土：献给祖国的颂歌》的书自己还没有收到，"十一"过后，会有的。果真10月6日，郭老就将《热土：献给祖国的颂歌》挂号寄来了。

10月8日下午，我收到沉甸甸的《热土：献给祖国的颂歌》，爱不释手地读起来了。正如中国科学院研究员许木启博士在序言中所说，郭曰方先生虽已年届耄耋，仍在笔耕不辍，诗如泉涌、佳作连篇、著作等身，实在令人钦佩！

《文心雕龙》曰："诗言志，歌永言。"用诗歌"顺美匡恶，其来久矣"。又曰："若妙识所难，其易也将至；忽之为易，其难也方来。"赞曰："民生而志，咏歌所含。兴发皇世，风流《二南》。神理共契，政序相参。英华弥缛，万代永耽。"

是的，"江山代有人才出，各领风骚数百年"。当代文坛

人才辈出，诞生了一代又一代杰出作家和一批又一批数不清的优秀作品，可谓是人才济济、群英荟萃。在这群优秀的作家中，有一个"人"让我特别有印象，他特别有"个性"和"特点"，那就是被誉为"中国科学诗人"的郭曰方先生。《热土：献给祖国的颂歌》这本诗集是郭曰方先生的又一力作。虽然他已是八旬的老先生了，可在艺术上更是炉火纯青。艺术之美在于真和善，诗人笔锋细劲柔美简朴流畅，想象力丰富，具有音乐美，其意象既具有中国古典的美，又具有西方现代派的情韵。郭曰方的诗构思新颖，富有浓郁温润的抒情色彩，语言精美、准确、形象，有时也大气磅礴、新奇瑰丽，有时直抒胸臆、江河奔流，或托物言志，或借古咏怀……

郭曰方先生的诗风采豪放、气度飘逸，有时也沉郁深厚、肃穆忧愤，他的诗富有图画美，意境美，灵活多变。有时是欢愉的，有时是达观的，有时是明丽色彩辉映全篇，熠熠生辉，朗朗上口，令人爱不释手。

他对家乡一往情深，恋恋不忘，在他的诗作中始终洋溢着一种故园依旧的深情，一种朴质真挚的感情。诗人孜孜以求，诗心傲骨，贫贱不移，就像他故乡的黄河泽被万物而不争名利。天地间正是这种品格、这种真情而让人高山仰止。

郭曰方先生的诗作，有时淡然如水，有时通达领悟，人生如寄之悲，故旧凋零之叹，都在他的诗作里悄悄地消融。他的诗作有一缕素心柔香，更有旭日一般灿烂的点睛传神，是乐章的主旋律，是生活的最强音，给人以昂扬向上的力量。

写诗辛苦，却能获得心灵的满足，人生短暂，仍有人生真谛的彻悟。郭老的诗歌艺术达到了完美和谐的艺术意境，开拓出一片浩浩荡荡、心潮澎湃、心驰神往的精神世界。

诗人的一生并非一帆风顺。1981年1月15日，他正在中南海工作，因患胃癌做了胃大部分切除手术，接着便是五年的化疗，骨瘦如柴。

面对死亡的威胁，他选择了写作。诗人的可贵之处在于，在矛盾静穆的世界里，他建立了理想的诗歌田园，并发现了自己的人生价值。这里鸟语花香、姹紫嫣红，这里有朋友的挚情，无尔虞我诈、相互倾轧的人生理想梦舟。在郭老的笔下，党的阳光是那样温暖，祖国的春天总是那样多彩，社会永远是那样充满活力和生机，人民永远是那样向往美好与希望！这就是郭老诗歌思想意义的集中反映，也是郭老诗歌平实、质朴、清新、自然风格的源泉。

郭老说："诗歌创作是要深入生活。诗歌的旋律就是生活的旋律，没有对社会生活的深入了解和体会，就很难采集到诗的矿藏。"郭老的诗作描绘的是生活常景，却发现了蕴含其中的朴质、和谐，充满自然本色情趣的真美。他抒发的是真情，是以一种乡土之思去体察，去颂赞。他的感情执着、浑厚、广阔、专注，字里行间都洋溢着浓烈的爱国主义情愫，燃烧着真善美的火焰。

他阐释的是至理，他理解到的就是他付诸笔端的，浑朴天然、行云流水，大有大匠运斤、不见斧凿之痕的高超技巧。郭老的诗，情感总是那么丰盈澎湃，思绪总是那么健康向上，思想总是那么坚实激昂，诗句总是那么意蕴深邃！他的诗是何等灵动贴切、风韵天成，如谣似谚，几与口语无异。读他的诗篇，让人热血沸腾、心灵净化、思想升华……

他的诗作内容丰富，有一种举重若轻、浑然无迹的艺术效果和迷人的艺术魅力，具有高度概括力和丰富的生活体验。他的诗歌立意构思、章节布局、遣词造句、声情韵律、艺术技巧很值得学习、继承和发扬。

郭老的诗歌是一种绝艺，也是一种胜境，他的诗让人有广阔的想象余地，是"有余不尽"的艺术。他的诗篇语言通俗易懂，毫无经营造作之痕，音节十分和谐丰满，景象非常清新、生动，境界优美、兴味隐跃、余韵邈然、耐人寻味，这些，都是诗人的高明之处。

郭老想象丰富奇妙，笔致活泼空灵，丝丝入扣。他的诗总能别出心裁、与众不同，使我们对他的艺术才华惊叹不已。

在《烟雨江南》一诗中，郭曰方先生写道："江南烟雨/就这样朦朦胧胧/柔柔媚媚/不知什么时候/悄悄地/告别了寒冬//轻轻地/轻轻地/走进原野/钻进了树丛/一眨眼　调皮/而又多情地/藏在杏花枝头/吻醒了早春/田野绽开了笑容//吹着牧笛的孩子/骑在牛背/在田埂行走/阡陌如镜/被淅淅沥沥的烟雨/洗亮了风景//烟雨朦胧/烟雨无声/啊　我听到了/种子落地的声音/似有似无/如烟如雾/犹如江南女子/在风中轻轻/舞动着纱巾/把孕育得太久/太久的甜蜜/和美丽的憧憬/撒进田垄　杏花　春雨江南/就这样悄悄地/温柔而又多情地/融化了冰雪严寒/放牛娃的笛声/缠绕着蒙蒙烟雨/在梦想里发芽/明天/那阳光灿烂的日子/不知稻花飘香的/江南水乡/流淌的　又该是一幅/怎样醉人的风景啊。"该诗是一幅立体的画，把江南的景致描绘得明丽而多彩，既写出了江南春景的丰富多彩，也写出了它的广阔、深邃和迷离。写了牛背上吹牧笛的孩童在田埂行走，写了江南水乡的美丽女子，写了杏花、春雨、稻花飘香……把江南的美描绘得绚丽动人，呈现出一种温柔幽静、美丽独特的意境，表达一缕含蓄深蕴的情思，给人一种美好的享受和思的启迪。它是诗歌与绘画审美的融合超越，是淡泊妩媚的怀远，是诗情隽永的回味，是时光静好、细水流年，是风华惊艳、千帆待发，是心中的浅笑安然、清风自来……是诗人心中这种种美好的表达和再现，是诗人的心声。

烟雨江南，是银月莲湖，梨花树下，盈盈一望；是焚香的清风，踏夜而来；是寻寻觅觅，浅吟低唱；是凌风骨傲，笑说飞腾；是荏苒岁月，白驹过隙；是岁岁年年，花前月下；是闭月羞花，鸿若翩仙……是诗人胸中的一股清泉和美好的心愿。

烟雨江南，是天水成碧，短笛长鸣；是紫藤花下，一段笑谈；是杯平日月，吟诗百首；是凝泪盈珠，粉黛桃花；是春江花月，溪畔妖娆；是云海涛声，风声萧萧；是执觞卧醉，雾里看花；是繁星闪闪，蝶舞翩翩；是冰雪消逝，月夜不寒；是美人的妙舞，倾国倾城的明眸；是红尘画卷，不变容颜；是清泉煮茶，溪边摘花；是陌上花开，煦日融雪……是诗人心中无数个美丽的梦想和希冀。

烟雨江南是无数个诗人梦想的地方，是咏叹调，是无数个诗人心中的千千结。流年如歌，国姿天香，烟雨江南是你说也说不尽的一种美好与传说，是你看也看不完的一种心跳和华丽；那里的人、那里的景、那里的山、那里的海、那里的花、那里的果，是你闭上眼睛也数不清的琳琅满目……

烟雨江南是诗人笔下的凝唱，是水榭荡漾，十指不染阳春水，琴音轻伴，桃花羽扇的富裕。

自古江南多烟雨，自古江南多柔情。江南是一首首写不完的诗，这如丝如绵，悠长相连的江南恰恰是诗人心中的那份温馨和暖心。

再看郭曰方先生写的《春歌》："所有的树林都在起舞/所有的山泉都在唱歌/金灿灿的油菜花/忍不住扬起笑脸/在春风的抚弄下/也笑得前仰后合。""山在集合/水在集合/江南烟雨/塞北荒漠/祖国的每一座城镇/每一个村落/都跃动着春的旋律/寒意退去/我的祖国/又是一派生机勃勃。"春天在诗人笔下显得多么美丽、动人，桃花、杨柳、油菜花、鱼儿是何等生机勃勃，富有生命力。我们在高大的古树下，恣意欣赏这美丽的春光，丝丝细雨，使花儿更加灿烂，那杨柳和风，吹在脸上凉美而不觉寒冷。这清凉的春意，这迷人的春景，它们是何等善解人意，它们正是诗人眼中迷人的小天使，禅境和艺术结合的小精灵，春天的使者。美丽、吉祥、高贵，是跳跃着的春的旋律，是多彩的画笔，是诗人心灵自然的流露，是自然的高妙绝伦，是在阳光雨露下万物生辉、茁壮成长，是道法自然的活力，是白描与抒情的功力，是真善美融合的魅力，是宁静淡泊的张力……

诗人发出的春天的召唤，有一种种子的力量和不朽之春的迸发，浑然天成。诗人发出春天已到的消息，春水如墨，尽情挥洒，天然造化，发力蓬勃。诗人又呼唤人们不负韶华、砥砺奋进、奋勇开拓。

该诗通俗易懂、文采飞扬，有亲和力，读来朗朗上口，能够激发感情，能够激起青少年朋友对春风、对春天、对生活的热爱，对青少年陶冶情操很有益处。

再看郭曰方先生的诗《麦浪如歌》："啊 我听到麦浪滚动的声音／我听到收割机纵情的歌唱／那是最威武雄壮的队伍／那是最优美动听的旋律／风吹麦浪／麦浪如歌／金灿灿的小麦／金灿灿的梦想／在中国大地奔涌激荡／那一刻／没有谁比您更懂得／一粒小麦良种／在您心中的分量／是的 当一粒粒种子／落地生根 破土而出／齐刷刷地挺起脊梁／撑起的 不仅仅是／全国人民的丰衣足食／那千座金山 万座粮仓／筑起的 更是我们伟大祖国／粮食安全的坚固屏障啊。"该诗写农业科学家茹振钢，培育发明了黄淮第一麦"百农矮抗58"及其庞大家族，在黄淮平原、在全国各地谱写出小麦优质高产的动人乐章。

该诗文本流畅、生动、华美，它流露出的是诗人对社会、生命的独特体验，对科学家无私奉献的赞美和对祖国粮食安全的赞颂。

人是社会的人，诗人也是一样的，具有社会性。诗人永久是社会的一个成员，没有诗人是不食人间烟火的，也没有一个不食人间烟火的诗人能够写出绝世华章。同样，郭曰方先生也是一个这样的人，他长期在中国科学院及科技部门任职，对祖国、人民、科学家有着深厚的感情。他了解的国情和信息比我们更多，接触的科学家和科技工作者比我们更多，工作经验比我们更多，读过的书、写过的文章比我们更多，只有具备这么多条件的诗人，才能拥有斐然的文采，才能写出旷世文章。

诗歌浓缩文学的精华，短小、精致，但却无时无刻不考验着诗人对诗歌的感知能力、行文组织驾驭能力、逻辑思维能力、艺术表达能力和文字功底等。一首好的诗歌是诗人历经了"斫残万石须求玉，淘尽群沙始得金"。诗来自诗人对现实生

活的触发，并且积极感悟，发掘生活中的诗意。诗歌具有超验性，也就是说诗歌所表达的不完全是诗人在现实生活中所"经验"到的内容，更多的则是主体心灵在现实生活的启发下所感悟到的形而上境界的抒写，超验离不开经验，但又不能拘泥于经验，它必须是对经验的升华和超越。

再看郭曰方先生的《雪花》一诗："扬起风的长鞭/骑着云的骏马/一朵朵美丽的雪花/飘飘洒洒/凌空而下//我问雪花/你去哪儿/她附在耳边/吻吻我的面颊/知道吗/大地铺开了宣纸/我去写画/眨眼间　漫天皆白/白了田野/白了村庄/白了丛林/白了山洼/只听见小河/哗啦啦　哗啦啦/仿佛不停地在夸/雪花姑娘　真是一位/了不起的画家//你看　满城的小花伞/在风中绽放/飘飘闪闪/像流动的云霞/玉树琼枝/掩映着红砖绿瓦/影影绰绰/勾勒成一幅水墨画/那是谁家孩子/在路边玩耍/是堆雪人/还是松塔/不是　不是的/孩子摇摇手/笑眯眯地回答/那是喜马拉雅/他说　长大了/想当一位科学家/说着　说着/又把一面小红旗/插在雪山上/红红的小脸蛋/像朵荷花/啊　孩子的理想/真的　真的比天还高/比地还大//雪花静静地飘落/飘呀　飘呀/飘满了天涯/一朵朵　一片片/在我心中融化/在我心中融化。"

该诗写得很唯美灵动，童声童气，很能打动人心。诗人跨越了现实的年龄，把雪花拟人化了，说她是位了不起的画家，用童真的口吻描绘雪花姑娘的特性和风格。诗的后半部分出现现实生活中的孩子，孩子堆雪山，插小红旗，还说长大了要当科学家，这是多么富有诗情画意的图画。正是这幅绝美的风景，更加深化了该诗的主题和内涵，给人以无穷的想象和美好的印记。

生活不缺少美，而是缺少发现美的眼睛。

纵观《热土：献给祖国的颂歌》一书，我们常常会被里面的唯美诗句打动。美处处有，但对于我们的眼睛来说，是缺少发现。故乡、牧童、花草、稻谷、小麦在诗人笔下尽是鸟语花香，诗情画意。伟大的诗人在于善于发现生活中的真善美，善于捕捉转瞬即逝的美丽风景和灵感，善于应用精确的语言和韵律，这正是一个伟大诗人所具备的条件。郭曰方先生恰恰就是具备这样条件的诗人，所以他的诗歌才能余味无穷，才能光芒万丈！

正如人们所说，美的东西不一定伟大，但伟大的东西总是美的。郭曰方先生几十年勤于创作，出版了大量诗文著作，特别是在科学诗创作方面引领时代浪潮。一个伟大的人物之所以伟大，是因为他们能从微末之中脱颖而出，成为时代的领跑者。在科学诗创作方面，郭曰方先生就是这样一个领跑者，一位奠基者，一面旗帜，而且是名副其实，当之无愧！

（2022年10月26日于洞头）

绚烂之极归于平淡

——读黄忠波的《岛风》一书有感

2022年9月30日，我去洞头区文联，曹高宇主席说黄忠波老师最近出版了一本书，要我也拿一本看看，于是我拿了一本《岛风》。这是黄忠波老师精心创作的散文诗歌选集，它厚厚的，有三百五十多页，由光明日报出版社出版。全书共有六个章节，第一章是抗疫之歌，第二章是海霞点赞，第三章是岛之风情，第四章是旅游之感，第五章是生活体验，第六章是往事回眸。

看了他这本书的文章，感觉黄忠波老师的笔力更加老道，艺术更加纯青、隽永，如云如水，水流云在。黄忠波老师的文字清新淡雅，丝毫没有流光富丽的语言，也没有矫揉造作抑或无病呻吟的成分。他的文字朴实无华真诚到底，无论写景还是写人，都带着一种虔诚……

如黄忠波写的《今日海霞村》，把海霞村写得美极了。一个平凡的景，经过黄忠波的笔和不同视角，便是美得天真与烂漫，赤忱与火热，把一切都写活了。他写哪里，写何处，哪里、何处就有画境，就有诗意，真正是做到不著一字，尽得风流。

看他写的海霞村："进入村口，通村道路约六米宽，两旁冬青翠绿，花草满圃，五彩鲜花竞相开放，花香四溢。""整个村子树林荫翳，绿意盎然，虎皮石墙灰瓦的民宅坐落其中，村道宽敞洁净，房前屋后花草相衬，显得十分的幽静而闲适……"他写的景物，真的是活灵活现，铮铮的灵气在字里行间纷纷苏醒。再看这些文字："你站在亭内凭栏而望，微风拂面，还有丝丝寒意，近处海面上是一排排、一垄垄、一条条的羊栖菜牧场，海面海鸥翱翔，渔民驾着小舟驰骋在其间，远处蔚蓝的大海与湛蓝的天空海天一色，天际处便是浩瀚的东海。阳光、海浪、海鸟、渔船、礁石，美丽海岛风光呈现在你的眼前。"这种用字造境真是妙绝了，在黄忠波笔下，美在身边，美在本分。这些日日发生在我们身边的平凡景色，在黄忠波眼里却作另一番意象，一一细数，娓娓写来，竟也是如此可爱。

在黄忠波记忆里的草木春秋鲜活又可爱。每一朵浪花，每个鲜亮的颜色，每只漂亮的鸟，他都能写得这么细腻又生动。他的文笔来自他的文化修养，他的鲜活来自他的生活态度，他热爱这一切，又关心这一切，他和笔下每一个生命都在互动，他们之间的能量是流动的、是互通的……

又如《军号声声铸铁军》："她们身轻如燕，疾步如飞，面不改色，恰似山之猛虎，深海蛟龙；射击场上炮声隆隆，枪声如骤，她们百步穿杨靶心开花，神枪手名不虚传。她们坐如钟，站如松，疾如风，宛如朵朵铿锵玫瑰绽开在百岛之上。姑娘们说虽每天一身汗，沾满一身泥，手脚蹭破了，脸晒黑了，但能梦圆军旅，献身国防，无怨无悔。"黄忠波笔锋流畅，写

下他所见所闻，字里行间更是流露出从容豁达的生活态度。

黄忠波的散文，描写、记叙、抒情与议论水乳交融，充满睿智与情趣，富含哲理；黄忠波笔下的散文，文采飘逸，富有感染力。黄忠波老师的散文不难懂，是通俗易懂的那种，但他是用心揣摩字句的，释意、达观、智慧、明理！

散文选材具有其他文体难以比拟的广泛性、多样性，散文选材不受限制，想象的时空相当广阔，所见所思所感，均可信手拈来。世间万象，宇宙万物，宏观微观，各种各样的素材均可作为散文的材料。

从《岛风》这本书中也可看出黄忠波老师在这方面下过功夫。他所写的散文，基本上是日常生活中可见的人和事，但在他的笔下却写出了新意。

王国维《人间词话》："散文易学而难工。"鲁迅说："选材要严，开掘要深。"散文选材的广泛性、真实性、具体性、新颖性都是每个作家要关注的。散文不是读书笔记，不是学术论文，不是知识堆积，而是文学艺术，需要精神的提升、心灵的感动和美的升华；需要体味物性、追寻天道，坚守散文的真、善、美、趣。无疑，通过几年的努力探索和研读，黄忠波老师在散文创作方面也是真正做到这几点的，有《岛风》一书为证。

在散文的谋篇布局方面，黄忠波也是日益老道精确，且有越来越多的经验。曾国藩《日记》："布局须有千岩万壑重峦复嶂之观，不可一览而尽，又不可杂乱无纪。"我想，每个出色的散文家，都应该是这样的。正如苏轼所言："大略如行云流水，初无定质，但常行于所当行，常止于所不可不止，文理自然，姿态横生。"

　　如《岛风》中的《华丽蜕变》《阳春三月看西湖》《重回山尖古道》《海景河上白鹭飞》《游东海临崖第一栈道》。看黄忠波在《游东海临崖第一栈道》写道："百岛洞头犹如一颗璀璨的珍珠镶嵌在东海之滨，它滩佳、礁美、洞幽、鱼丰、鸟多，风光旖旎美不胜收，享誉在外。有跨越时空的望海楼，鬼斧神工的半屏山、仙叠岩，天然的韭菜岙，大沙岙沙滩，更有那旷世美景的东海临崖第一栈道。如果说它是一条巨龙盘绕在洞头东边海岸线上，倒不如说它是一条金色的项链串联了洞头岛东南部沿海诸多的美丽景点，它南起半屏山北至大沙岙沙滩，沿途景点众多，拥有最具魅力的山海风光，岸崖蜿蜒曲折，礁石峻险凹凸蔚为壮观，赏不尽看不完，使人饱满眼福游兴余酣。"

　　这些优美的文字，使人流连不弃。正如清代李渔《闲情偶寄》："开卷之初，当以奇句夺目，使之一见而惊，不敢弃去。"黄老师的这些文字开头，同样异曲同工，可见作者的功底是越来越深厚了。

　　宋代姜夔《白石道人诗说》："一篇全在尾句，如截奔马。"清代李渔《闲情偶寄》："终篇之际，当以媚语摄魂，使之执卷流连，若难遽别。"

　　如《游东海临崖第一栈道》的结尾："全程游遍洞头东海临崖栈道约需三个小时，你在惊叹大自然造就的旷世美景之外，定会为其宏伟的景点所折服，你会为自然与现代的无缝融合而点赞。随着洞头海上花园的建设如荼似火地开展，随着环境的改变，百岛洞头已经成为中华大地上的金名片，不久的将

来，美丽富饶的洞头将迎来更加辉煌的明天。"

真正做到言简意赅，有画龙点睛的作用。

最后引用林语堂先生的《说本色之美》："文人稍有高见者，都看不起堆砌辞藻，都渐趋平淡，以平淡为文学最高佳境；平淡而有奇思妙想足以运用之，便成天地间至文。"

但愿每一位散文家都能有幸成为这样的文人，写的每一篇散文都能成为至文，这是一种幸运，也是一种终极追求。"绚烂之极归于平淡"是一种自勉，更是一种鞭策，但愿每一位散文家都能做到这一点。

再看看黄忠波老师《岛风》中的诗歌，幽玄缥缈，心物交融，情景相生，清丽典雅，耐人寻味，或托物言志，或借景抒情，可意会而不可言传，精妙绝伦。

如《草菇偶发》："万绿丛中珍珠白／原是白菇出土来／晶莹剔透令人爱／恰似小伞舒展开／／海湾三区环境帅／花红草绿树成排／莺歌燕舞秋蝉蟀／家居和谐人开怀。"该诗俏皮、活泼、可爱，短短八句，却传达了自然与人和谐相处的美好情景，给读者特殊的视觉感受和听觉感受，精美巧丽，显示出诗语的"无理而妙"，让读者品味出合乎语言常规的表达中难以见出的诗味。诗歌要求高度凝练，就会出现语言表达上的跳跃和省略，而黄忠波老师也确实做得十分到位，所以这首短短的小诗具有和谐悠扬、流利顺口的特点。

《文心雕龙》曰："《诗》有六义，其二曰赋。赋者，铺也；铺采摛文，体物写志也。"同样现代诗歌，文采最能显示人的心灵，那心灵深处住着美好的诗歌。诗歌是高度集中地概括反映社会生活的一种文学体裁，它饱含着作者的思想感情与丰富的想象，语言凝练而形象性强，具有鲜明的节奏、和谐的音韵，富于音乐美，强调自由开放的精神，以直率的情境陈述，进行"可感与不可感之间"的沟通。文采指事物具有错杂艳丽的色彩，现多指文章中表现出来的典雅艳丽和令人赏心悦目的色彩与风格。

古人写文章很注意文采。孔子说："言之无文，行而不远。"意思是文章如果不能用优美的语言来表达，就不可能流传得久远。孔子还说过："辞达而已矣。"于是有人认为，文章写得词能达意就行了，何必要文采呢？这是一种误会，在我们这个诗的国度，要积极创新，贴近生活、贴近百姓，创造出具有非凡艺术魅力和生命力的作品，让读者从中领略现代诗的博大深沉和迷人的魅力，感受诗意的光辉，让现代诗流光溢彩、文采飞扬。

同样黄忠波老师也是这样非常重视现代诗的创作的，如《我曾梦想》："曾经梦想我有一双翅膀／在碧波荡漾的海上自由飞翔／越过高山蹚过河流飞过海洋／停歇在东海明珠百岛之巅／／我曾梦想成为一位神工仙匠／砍下一棵大树横亘在诸岛上／让那万年天堑变通途／孤岛变半岛人们分享幸福安康／／我曾想成为一只美丽的粉蝶／翩翩飞舞在岛际之间／看那花海无边色彩璀璨／四季如新任意潇洒和徜徉……"这些富有文采的诗句，是黄忠波老师呕心沥血追求诗意和意象的结果。黄忠波诗歌语言是庄重和热烈的，有胸怀苍生的潜意识。他的诗歌单纯而深厚，温暖而富有诗意；他的诗歌抒情而流畅，有一种刀劈斧砍的力量，是歌咏、是寓言、是遥想……令人喜爱又美不胜收，温厚纯净、耳目一新，富有朴素的乡土气息……

写完以上点滴心得，在此祝愿黄忠波老师，百尺竿头更进一步，写出更多、更美、更成功的文字作品。

（写于2022年11月）

我的考研梦圆

1990年，在浙江大学读书时，有一次和同学胡建秋到浙大教授刘德秀老师家，胡建秋说自己要考研究生。我也很想说要考研究生，但我没敢说，我知道对我们一个大专生来说很不容易，况且我当时的成绩也不拔尖，但这事我一直藏在心底。我想我一定要考研，于是写信给浙大一位在读研究生的同学叫他帮我买书，当然我没有先付钱给他，他也没帮我买。后来我大哥去了杭州，才给我买了一套英语书来，我没日没夜地拼命学习，真的是准备考研究生。

大专毕业后，我找工作是非常困难的，我们的同学去的单位都是工厂，我也好不到哪里去，在事业单位做小工。工作性质的关系，我越发要考研究生，但不久连这个美梦也破灭了。因世事难料，人的钩心斗角，人的恶言相向，使这个世界变得太复杂了，单纯的青年因为不适应而撞得头破血流。世界是有阴暗面的，但更有光明普照人间，而且光明总吸引人的眼球。所以有出息的青年都是追求光明的青年，不管怎样，考研梦在

灭了之后又重新冉冉升起，而且越来越接近，越来越现实，最后水到渠成。我是在大学毕业后十六年才去念了个在职研究生的，十六年才圆一个梦。如果没有人为的灾难，我的梦会圆得更快。虽梦是圆满了，而青春早已是一去不返了，衰老的我们也开始跟现实妥协了，妥协了现实，又觉得梦圆了，也只不够是这样，也是一样的日子，只是在那过程中有充满无限向上的动力。然又有何用，读了研又有何用，原来我们都成了世俗的人了。

这是十几年前自己写的随笔，现在看看，还是感觉人生如梦，老气横秋。真是少年不知愁滋味，当年还是豪情万丈，要干一番事业，现在竟觉得不知天高地厚了。

事情就是这样，活到老学到老，去年我考上了江西农业大学的在职硕士研究生，又多了一项任务，就是认真学习。真的，人老了，记忆力也差，再怎样好学，也是一个字："累"。

我们很多时候力不从心，但偶尔也有收获，我们就像是海边的渔夫因偶尔收获到小鱼小虾而自我满足。正是这种满足，能够使我们内心宁静、安心。

但生活总不会是风平浪静的，有挫折，也有辛酸，有痛苦，也有欢乐。

有时看似岁月静好，却也暗藏着危机，有时在你没落穷途之时，却也有无限生机的机遇。

在看似可有可无之际，却也是最真实最平凡的日子和生活。

机遇在罅隙间出现，人在奋斗中前行。人的一生梦很多，但时间有限，作为一名老师，我只讲读书，才不会误人子弟。

有时我也会这样想，如果有来生，我还会选择现在的生活吗？许多事都是身不由己。年龄越大，越知道深浅，不如像一个顽童那样天真和单纯，但理想很丰满，现实很骨感，到了一把年纪，你就要认同现实，认同命运，感叹人生无常！

写作趣事

几年前,出了三本书,自己感觉很是开心,以为从此以后可以成为一名作家,沾沾自喜。那时候年轻,不知天高地厚,书出来后就寄给领导、亲朋好友。曾寄书给我们浙大的老校长,现全国人大副委员长路甬祥,中国科学院文联主席郭曰方;也曾跨洋过海寄给远在美国的非马博士,在加拿大的闻山先生,在澳大利亚的巫朝晖先生,还有分发给我们的同事,送给我们地方单位的领导、同学、老师、朋友、学生、亲戚、家人等。

好像出了书是一件大好事,其实只不过是年轻人的冲动。我的老师黄楣焕还夸我的诗写得可以,朋友陈友海还能指出我书中的错误,至于一本书读者会看多少页,特别像我们这样的业余作者,真是很难说。一本拙作,读者最多看几页就烦了,就算是一本精美优秀的著作,读者也只会是在空闲的时候看一下;一本无名著作,更多的人只会扔在角落里,随书哭泣。

所以业余作者出书,在很大程度上只能是出于自娱自乐,其中的辛苦和煎熬只有作者知道。而有时候，出书或许在评职称的时候用上它，或许在评什么先进的时候用来装饰门面。但确实也有作者做得很不错，很到位，不但能拿到一笔稿费，而且完全可以作为事业来干。他们的文字从粗糙到精致，事业从小到大，而且改编成电视剧，收视率之高，创收之多，都是我辈可望而不可即的。

后来我加入了网络作家协会，这个圈子里的男生和女生个个才高八斗，并且是混得风生水起，不少人都有工作室，文化实体公司。在这高手云集的地方，要么努力码字，要么继续深造以求在写作上的重大进步，当然码字成功的人，都少不了认真研读的。

但也有例外，我的一个朋友就是这样，第一她有这个天赋，第二她功夫下得深，第三她有充裕的时间和稳定的财产收入，第四她不缺这点稿费的钱，所以能闲情逸致地去写她爱写的文章，并且也是混到白金级别的了。

哦，我想写着玩玩是一回事，像我们业余作者抱着这种想法特多，但想在文学界上留下一个厚重脚印的人也是有的，但那毕竟寥寥无几，是难以企及的。但要写出像《红楼梦》那样的瑰玮巨著，那绝对是名留青史的事！

（写于2007年，修改于2022年3月16日）

书山有路勤为径

——书香教师事迹

有书相伴是幸福的，读书人必能做个明白人。善于读书的人，不光停留在一种享受的快乐，他懂得在书中寻找自己的踪迹和位置，无论是艳阳高照还是凄风苦雨，书，始终是点亮人们心灵的一盏明灯。

古人云："万般皆下品，唯有读书高。"莎士比亚说："书籍是全世界的营养品，生活里没有书籍，就好像大地没有阳光；智慧里没有书籍，就好像鸟儿没有翅膀。"让师生多读书，读好书，书香定会弥漫在校园，充满校园的每一个角落。

从事教育工作三十几年，我始终与书相伴，生活里有书，便多了一份宁静，工作中有书，生命会更加富有张力。我喜欢唐诗宋词，自己创作有三百多首诗词，是中华诗词学会会员，中国楹联学会会员，拥有"海岛写作猫——叶英儿"个人微信公众号，拥有一些素质较高的粉丝。

在我担任学校文学社团指导师期间，每次上课都要发一份印有优秀传统文学的文字资料，让同学们诵读和讲解，有时也会穿插讲解古典诗词的名篇佳作。文学社的同学们写作水平提高得很快，参加教育部、全国青少年冰心文学大赛，市、区等征文比赛屡屡获奖。而且他们都成功地考上了心仪的大学。

目前中小学教师普遍存在人文知识缺乏、文化底蕴不足、艺术修养肤浅等问题。要解决这些问题，最好的办法就是读书，读名著、拜名师，努力提高教师的读书素养，真正做到"书山有路勤为径，学海无涯苦作舟"。

人们常说，读书是教师专业成长的"保鲜剂"。我们老师应该做好"读书、反思、写作"三件事，丰富自己的文化知识，坚持求真求实，用终身学习和反思来书写我们的精彩人生。

我们要做与时俱进、善于思考、勇于实践的教育工作者。

读书让我的生活充实而丰盈，读书让我的心灵纯净而优雅。闲暇的时间，一本书，静静地坐在桌前看，一张纸，默默写下一段话，于是成就了我的十一本著作，让我拥有远离喧嚣、世俗的宁静。

摄影人生

——记《温州参龙与老物件的记忆》作者之一摄影家徐素环

徐素环，瓯海区信访局工作人员，2012年开始学习摄影艺术，现为中国摄影作著权协会会员，浙江省摄影家协会会员，温州市摄影家协会理事，温州市女摄影家协会会员，温州市民俗摄影协会会员，瓯海区摄影协会副秘书长。

翻开李芍主编的《温州参龙与老物件的记忆》一书，你会和我一样，爱不释手，这么漂亮的图片和解释，显得多么珍稀和弥足珍贵。摄影记录了我们的曾经生活，记录了人类历史的发展变化，记录了生活、政治、经济等方方面面的变迁。它是永不报废的记忆，是忠实的历史见证人。它也是一种永久的审美艺术，它记录青春，记录风光。同时摄影也是一门发现美的艺术，它指引人追求真美，它是心灵栖息的港湾，是幸福生活的绵长记忆；它能陶冶人们的个人情操，丰富社会文化，并给人以精神上美的享受。

瓯海历史悠久，《山海经》中就有"瓯居海中"的记载。随着社会的进步和科学技术的发展，人们的生活水平有了显著的提高，生产生活方式也发生了翻天覆地的变化。

伴随人们走过千百年的生产工具、生活用品在新旧换代的同时，正逐渐淡出人们的视线，慢慢退出历史舞台，而被人们统称为"老物件"，并日渐消失。因此，抢救记录这些老物件印记已成为迫在眉睫的工作。老物件记录着老百姓的衣食住行，勾连着经济学和文学，诉说着老物件曾经的风采与辉煌。

"参龙"是江南一带民间传统龙舟文化的一种表现形式。"参龙"是参谒龙神的意思，在端午前后的龙舟赛上，以吉祥喜庆的语言参出"打油诗"，伴着锣鼓激情咏唱，以祈求龙神保佑地方合境平安、歌颂吉祥，这一过程俗称"参龙"。

2023年，第十九届亚运会龙舟赛场落户瓯海。庆贺之余，为挖掘弘扬瓯海地域传统文化，瓯海区政协文化文史和学习委员会启动了《温州参龙与老物件的记忆》的编撰工作，组织人员拍摄了四百多件老物件的实物照片，并以"参龙"形式的打油诗附之注释，配以插图，编辑成册，图文并茂地反映老物件的使用场景。这些古韵十足的老物件，配以通俗易懂、朗朗上口的"参龙词"，相互辉映，把江南龙舟文化与老物件民俗文化的传承保护与弘扬工作提升到了一个新的高度，增添了新的文化元素。

而这其中的摄影师之一——徐素环老师，就是今天我要写的主人公。

徐素环和大多数女性一样，是一个十分有爱心、又有自己独立思想的人，她在2012年陪儿子去学摄影后，才开始学摄影的，当时她做梦也没有想到，自己能成为一名摄影家。由于她的儿子忙于学业，没有多少时间玩摄影，这样就剩下素环一个

人在琢磨学习摄影艺术，恰恰她有这方面的天赋，就这样举一反三，玩上了摄影。真是应验了那句话：有心栽花花不开，无心插柳柳成荫。生活总是这样喜欢弄巧成拙，它不但能带给人好运，也能成就某些人的完美生活，徐素环老师就是这样幸运的人。上天总是把机会留给有准备的人，徐素环老师也从此获得了艺术女神的青睐，开始了她的摄影人生。

徐老师心灵手巧、冰雪聪明，对摄影技术掌握得很快……

从2013年年底，徐素环老师就开始参加义工团队，并一直在义工团队担任摄影师。

参加义工团队后，有六七年的时间，去的最多次的地方是养老院。无论是拍摄养老院的义工，还是拍摄养老院的老人，徐素环老师都十分认真、投入。她在享受那短暂一刻的美时，有时也会有心灵的震撼和感动，是光阴似箭，还是人生无奈，是人的宿命，还是生命的本质？正是有了这些深层次的思考，我们的徐老师才会拍出那样优美的图案照片。

徐素环老师是个十分热爱生活，同时又是个十分有责任心的人。比如，她拍摄老物件，没有别的什么奢侈的想法，想到的就是为我们后代留下一点资料，让他们记住我们的前辈先祖的聪明才智，及先辈老人们的怀旧情结，为社会做一件力所能及的有意义的事情。再比如，她拍摄老人的肖像，其目的就是唤醒我们要认识到人生的短暂和无奈；拍摄义工，就是让我们知道义工的无私奉献和崇高的美好情怀；拍摄困难户家庭，就是让我们认识到生活的不易和艰辛，让我们更加珍惜平安健康幸福的日子。

摄影是一件十分花费时间、花费财物、花费体力的活儿，但徐素环老师却有远大的志向和毅力。她不怕苦、不怕累、不怕脏，为了心爱的摄影艺术，时常自己开车出去远行，爬山越岭是经常的事情。特别是开车，需要花较多的油费；因为时常远程航行，饿了，就随便将就一点……这些活动产生的额外费用，徐素环老师都是从自己有限的工资里面挤出来的。有人说兴趣是最好的老师，徐素环就是凭着对摄影艺术的热爱，才把摄影作品拍得唯美、有线条和个性……

尤其是在准备有关老物件这本书时，两位担任摄影师的同志真是玩拼了。为了拍好老物件，他们自己当搬运工，特别是有的老物件太沉重了，而且它们又脏，灰尘又厚，细菌又多，但徐素环他们都一一克服了……他们硬是用自己的双手搬拖，又因为老物件很脏，时常惹得他们全身发痒，并起鸡皮疙瘩……

这些还是小事，有一次，他们为了找一个鸡窝，几乎踏遍了某个古村落的猪圈、牛栏，但还是没能找到，最后是泰顺县的一位摄友提供了图片。

好在是该书出版后社会反响普遍较好，瓯海区里的有关单位给了他们几千元的油费补贴……说起这些，徐素环如数家珍。

我又问了徐素环老师，摄影技术的后期制作是个难点，她是怎样学好这技术的，又是怎样PS的，要花费多长的时间PS一张照片的。

徐素环老师一点也不保密地告诉了我，她曾经跟阿奔老师学过后期制作，后来，她全部靠自学和摸索，逐步探索出一条路来。现在她对后期制作了如指掌。但后期制作很费时间，有时候半天她才修图抠图一二张。

女同志搞摄影要比男同志辛苦，徐素环老师也是这样感

同身受的。她的颈椎本来就不好，经过了这么多年的图片后期制作，颈椎病明显严重起来，又酸又痛。但徐素环老师为了心爱的摄影艺术，硬是咬定方向不放松。特别是在拍摄老物件期间，因为每一类的老物件都有好多不同款式，这导致在选图上也很费时间、精力，有些物件他们需要反复重拍多次。就这样，拍摄了四五百类的老物件，这浩瀚的工程，也为这方面的文物研究提供了珍贵翔实的资料及佐证，同时也有力地保护了当地的文物。

在摄影上，徐素环老师是非常讲究精、准、美等艺术手段的。她在拍摄上比专业的摄影师还上心，自带摄影棚、灯光，还不仅仅只是摄像机……

特别是在拍老物件时，因为年代的久远，参龙词和文字解释都是几个上了年纪的老年人写的。有些东西我们这一代人不但没有见过，也叫不出名来（所以素环他们更加认识到拍老物件的价值和意义，拼命抢着时间进行拍摄）。好在他们的搭档也是男同志，因为有些老物件实在是沉重，两个同志真没法搬这么多的东西去拍。好在虚心好学的他们不但按时完成了任务，还学会了很多知识，认识和了解了更多的东西，如风俗、民情。

素环老师不光是一位摄影家，在摄影应用过程中，她还研究了油画、国画、钢笔画，以此来提高自己的摄影、审美艺术，并利用光影等综合艺术来表现摄影的美感。

此外在当今流行无人机拍摄的时间段里，徐素环老师也尝试过无人机拍摄，后来因为无人机弄丢掉了，就再也没用过无人机拍摄。作为一名老资格的摄影师，素环总结为无人机拍摄表现得比较平淡，它的好处就是能飞到我们不可企及的地方拍摄，但她本人还是比较喜欢用摄影机拍摄。

徐素环老师不但只是玩摄影，她的人文素养也有很高的水平，比如她会关注类似老物件这类的作品，比较深入隽永地研究和探讨意义价值。为此，特别是近些年来，她推掉了许多风光照拍摄的机会，也减少其他的活动次数。

徐素环老师也做过公益摄影培训班的老师。因为工作忙，授课又多，又要带学员们去外拍，比较辛苦，后来也就不轻易当培训班的老师了。

任何事业的成功，持之以恒是很重要的，当然徐素环老师也不例外。摄影是一门艺术，它也是需要时间的积累，特别是在拍摄专题片时，显得更加突出。

好在有郑高华、赵用、金瓯等老师的支持和鼓励，才使徐素环老师一步步地迈向艺术成功的平台。

女摄影师坚持拍摄很不容易，风吹日晒，起早贪黑，家庭有时候都顾不上。但徐老师有支持她的爱人，聪明帅气的儿子，这就足够让徐老师坚持理想信念继续马不停蹄地奔波拍摄。她有时会帮身边朋友记录美好瞬间，有时会为瓯海摄影协会做一些公益……

在谈到有关老物件一书拍摄一事上，徐老师总是十分谦虚和低调，她说他们这本书的顺利出版要感谢温州市摄影家协会的几个摄友，是他们的帮助给他们提供了好几起老物件的图片，还有瓯海区里的几位老同志的参龙词和解释，包括情景再现的图画，才使老物件更加完美展现。

还有，徐老师说要感谢几个私人老物件博物馆的领导帮

助，提供给他们拍摄的机会，如果不让他们拍摄，有些东西民间根本找不到了。

还有瓯海区政协领导的重视才能让书顺利完美地呈现。最后她要大大感谢和她一起拍摄该书的另一位重量级摄影家——瓯海区政协退休的老同志管青云老师。她还特意交代是一位男摄影师，一定要注明。

合上采访的笔记本，我再次被徐老师的精彩事迹感动。她跟我一样，都是公职人员，而且摄龄比我短，但却比我更加成功和有所收获。我想只有珍惜时光的分分秒秒，才能不虚度光阴，做应该做的事，才能获得鲜花和掌声，这些徐老师做到的了。但愿徐老师的摄影艺术越来越好，越来越美，越来越有艺术范儿；也愿徐老师用摄影机、用摄影家的坚韧不拔的精神去播散永不消逝的艺术光芒，用那高超的摄影技艺，去惊艳四方，成为国之工匠。

陌生的朋友

编者按：今年考上江西农业大学研究生，使我觉得跟江西省很有缘分。想起N年前曾写过的一篇文章，更使我坚信江西是我梦中的第五故乡。其实至现在我还没有到过江西，但相信在以后的日子里，江西我一定会去看看。

这是几年前的事，但我一直没法忘记它，它使我想起一个遥远并未见面的朋友，如今我是多么渴望能收到他寄来的信，但事实却没有，因为我们已中断联系快五年了。他是江西萍乡人，姑且就叫他小江西。

那年大学快要毕业前，收到小江西的来信，他愿意与我结交为朋友。那时他的信写得很好很妙，好像说自己在一银行工作，当时我写了回信。后来我大学毕业，离开杭州，回到老家工作，但由于碰到种种困难，找个工作单位不尽人意，所以自己也十分沮丧。后又因种种原因，就去温州一家企业打工，那时小江西与我已是未谋面的好朋友了。他时常给我写信，我

很喜欢他信写得很乐观，但有一次，他来信告诉我要到北京出差，又说自己很想出去散散心，免得待在家里太凄凉。我当时刚踏入工厂，又碰到一个不太友好的上司，所以朋友给我来信，我便觉得分外高兴，我一直在心里默祝小江西幸福，回信给他的时候总是叮嘱他有空到温州来找我，并问候他的全家。我总以为我的回信会给他以人生的充实，不像我为了一个工作而整天奔忙。

　　我一个人孤零零地待在异乡，小江西的来信是我日常生活的小插曲。又一封小江西的来信，我拆开信看了起来，眼泪不觉掉下来，我同情小江西，真的。他来信说，一个当兵的哥哥在对越反击战中牺牲了，当局长的父亲也患病死了，母亲最近也去世，一个大房子就剩下他一人了。好在他还有一个出嫁的姐姐，姐姐有空也来看望他，但他总是觉得凄凉、压抑与悲伤，一进家门，他就想起亲人，而亲人却一去不返。所以他希望有个好朋友，能帮他解闷的好朋友。

　　我惊呆了，我从来没有收到过这样惨的信，于是我写了一个晚上，总算写好了回信，里面写了许多安慰的话及许多祝福的话。说真的，我与小江西年龄相仿，要我写劝慰的话何其难。

　　于是我又重新觉得生活的艰辛，生活的重担压得我抬不起头，尤其是那可怜的小江西，使我觉得眼前一片昏暗。后来，我回家了，那段工作连那段记忆统统被我扔进瓯江口了。

　　许多年过去，我当过编辑、记者、教师、工人历尽坎坷，但我没有失去向生活重担挑战的勇气，一次次失败，一次次成功，我终于有了一份适合我做的工作，但时间已过去四、五年了，小江西也不再给我来信，我也将小江西的名字忘掉，但一件偶然的事，又令我想起小江西，去年我成了江西南昌某报的特约记者，又使我想起那可爱、可敬、可怜、可贵的小江西，我一定要找到你小江西，你还好吗？

(写于1997年)

看书

　　这段文字是写在很早以前的了，现在拿出来修改，不只是修改，而是对青春岁月的怀念和当初生活的无奈与不容易的感慨。有人说，时间是把杀猪刀，把一切都更变得面目全非。我们只有回头看看曾经的过去，再看看今天的生活，才会发现，我们走过的路确实艰辛和充满自信，我们每个人所从事过的工作、生活，是在不知不觉中为日后的工作和生活做准备的。世上从来没有一条现成的通往成功的路，成功只是无数次失败后，勇敢爬起来继续走，走到看见光明的那瞬间，才看到希望和未来。

　　有一段时间没事干，专门看书，那大约是在我二十来岁的时候，我家的藏书已远远满足不了我的阅读，就去堂弟叶志多家借书看。我的堂弟与我同龄，早在中学里面当老师，他为人老实忠厚，但对书情有独钟，而且朋友较多，他的朋友基本上都是教师，所以我们很谈得来。那时堂弟还没有成家立业，还跟父母同住，所以去堂弟家是经常的事情。

在我高中毕业之前，就多次看过《红楼梦》的不同版本，有连环画，有少儿读本，还有《红楼梦》的书。但在那段时间，我还是向堂弟借来了《红楼梦》原著读，这一次我对该书有了更多的了解，对它的故事构思的艺术美、语言美、人物美，更加精细地阅读和分析。年龄越大，对读同一本书的理解和看法也不一样。只有这次深阅读才更加懂得作者的伟大，才知道这部千古名著对人性的描写如此得心应手，如此看透看准人世间的种种是非恩怨，种种因果报应。

　　后又借了有关书写一代伟人邓小平同志的书籍（书名已忘记了），我又拼命地阅读起来了，整个夏天，我都往返于叔叔的家及我的家，借书阅读。那时读书是没有多大目的的，只是空闲的时间没法打发，就进行大量的书籍阅读。

　　当然，堂弟家的藏书也只是一名教师的普通爱好，也只是是一个普通教师对书的偏爱，而我却利用这段枯燥的日子，阅读了大量枯燥的文字和说教。但就是这段日子，给我的生活注入了精神的力量。回首往事，看看现在我从事的文字工作，我得感谢这段有书读的日子，正是这段日子，让我有足够的空间进行思考和分析一些人生问题。阅读，让我升华，阅读，丰盈我的生活。

　　我得感谢书籍，是它让我度过了一段极其枯燥无聊的日子。

（写于2007年，修改于2022年3月16日）

看电视

　　小时候看电视是一件非常不容易的事，因为地处偏僻的海岛，有电视的时代起码比北京迟了好些年，这也是许多年前的事了。第一次看电视是去邻居家，大约十三四岁，邻居是位包工头，经济比较富裕，所以就买来了电视机，据我所知，他是我们村最早买上电视机的人。我因为妈妈是生产大队的队长，与他家有交情，才有机会去看电视的。房间的人很多，一台很小的电视机正播放着古剧《樊梨花》，那樊梨花穿着戏服，头上两支长长的凤尾，用双手拈下往后甩甩很威风，很气派。当然，因为那时年龄小，看不大懂那戏里说的是什么故事。

　　后来就是到大伯家看电视。大伯是做小生意的，也比较富裕，也买了台电视机，我和四哥就去大伯家看电视，看得最入迷的要数《血疑》和《排球女将》，几乎每集必看。后来村里买电视机的人多起来了，有的人就放在家门口放电视，于是一大群认识的邻居都围观在家门口看电视，那时我的视力够好的，远远站着就能看见了。

再后来，便是自家买了电视机，晚上在家门口放映，邻居们都带着凳子来观看，那时正值播放电视连续剧《红楼梦》，围观的人真多。现在，我对看电视已很不感冒，除了《新闻联播》常看外，其余的我已不再抱有多大的兴趣。因为网络媒体的兴起，其内涵、技术含量、方便快捷的互动，及影视已远远超出电视。谁还对老玩意儿抱着依然不变的兴致。真是科技的发展改变了一切。

（写于2007年）

看电影

这是写在N年前的一段文字，现在我稍作修改，以纪念年轻的岁月，及快乐无忧的美好时光。

小时候看电影是一件引以为豪的事，也是一件奢侈的事。为了看一场电影从东村走到西村，再走到生疏的各个村落，结伴而行的小伙伴们带着凳子着迷地看着《铁道游击队》《南征北战》《洪湖赤卫队》《苦菜花》《红楼梦》《梁山伯与祝英台》等。那时刚好七八岁出头，没有什么可玩的，跟着妈妈、姊姊连宣传计划生育的科教影片都看了。

那时看电影的心态，真正是达到如饥似渴，是一种迫不及待的狂热。

哪个村庄晚上头有露天电影，这消息比有米饭吃还蹭热度，吃过晚饭，就有一打的小伙伴来找我一同去看电影。到了放映地，踮起脚尖站着看，一站就是一两个小时，有时电影放着放着天空就下起了雨，因为电影看得正酣，还是不想走，等雨大了，才恋恋不舍地跑回家去了。

后来看了电影《海霞》说是拍自己的家乡——洞头女子民兵连的事，觉得很是好奇。那时看《大众电影》如绕音三月，至珍至宝，那漂亮的演员，那美丽的封面，让人如痴如醉。话说回来，我的大哥在中学教书，是一名优秀的教育工作者，因为在N年前，那时精神食粮奇缺，而他却从有限的工资里头拿出钱，订了《小说选刊》和《大众电影》这两种高端的刊物。那时，我正念中学，所以回家一有空就向大哥借书看。那时看小说看入迷了，《哦，香雪》《女大学生的宿舍》《那是一片神奇的土地》感动得我热泪盈眶，我暗想，我长大了，也像他们一样当一个伟大的作家。

　　我就是在大哥订阅的《小说选刊》那里获得对文学的兴趣和热爱的。再有一个，就是我的三哥所买的书籍对我影响很大。三哥年轻的时候也从事过文学创作，他是地地道道的文学爱好者，他买了许多书如《普希金抒情诗》《安娜·卡列尼娜》《复活》等世界小说名著及许多诗集，我手不释卷，都一一拜读、领会。这段时间正是我的学生时代，十七八岁很美的年纪，而就此对文学产生热爱和痴迷，以至后来我开始写诗、写小说。原来我是不知不觉地受文学书籍的影响，我想，一个孩子的理想来源于他的家庭、受教育程度，及周围环境的影响，我也不例外，小时候作文好，时常受老师表扬，还代同学写过作文，同学们感激不尽。进入高中时期，年纪比较大的语文老师林建春也对我的作文有好评，这使我更坚信自己长大要当个作家。但那时要当作家谈何容易，一个农村的孩子，如果没有正式的工作，就要早早地嫁人了，这是农村的习俗。幸运的是，我不久一脚跨入大学，读完大学后，我思想就比较成

熟了，思想是自己的，别人再不能左右，即使是年龄比我长几岁的人，我都觉得他们没有我的远见和聪明。当然，二十出头只不过是初生牛犊不怕虎。

扯远了，这跟看电影没有必然的联系。小时候我是个戏迷，而且是个古装戏的戏迷。原因是我的邻居大妈，她儿子是县越剧团的工作人员，所以戏院里有什么演出她都有票子。所以在我还是中学生的时候，我早就过了看古戏表演的瘾。

说来说去，这都是说文化，精神产品，在那个精神产品缺乏的年代，我有幸早早地接触到电影、戏剧、小说、诗歌，我能有今天的文学修养，跟青少年时期的经历是分不开的。一个人长大后从事什么职业，很大部分是和他小时候的环境、教育和机遇有关，不要凭空想培养出一个跟他所受的教育、所处环境毫不相干的人才来。

浅探学校图书馆开展阅读策略的方法及实践

引子

随着国内经济发展水平的快速提高，全面推进素质教育的改革进程的加速，学生的创新精神和实践能力的提升已经成为重点培养的项目，这就对学生的语文阅读能力提出了更高更新的要求。

阅读教学，顾名思义，就是不仅有"教"，还要有"学"，二者相互依赖，相辅相成。

《语文课程标准（2011年版）》更是指出，我们的课堂教学应该是重视培养学生广泛的阅读兴趣，扩大阅读面，增加阅读量，提高阅读品味。提倡少做题，多读书，好读书，读好书，读整本的书。

那应该采取怎样的策略、怎样的措施、怎样的手段来提高我们学生课外阅读的兴趣，让学生养成读书的好习惯呢？我想这不仅仅只是语文老师的任务，也是我们图书馆馆员的任务，

更是有识之士的任务。

现我将分析当前学生的阅读现状，然后结合语言阅读的重要性作用，再进 步探析有效促进学生阅读教育的途径。

一、传统语文阅读教育教学的重要意义

语文课程是最为基本的、也是最为主要的文化课程，它是母语的一门精湛艺术，是任何学科都无法代替的，也是学生都必修的课程，因为它是母语，是语言文化的基础，是打开通往知识殿堂的钥匙。

语文教学中，阅读教学占据着大部分时间，课内阅读的课时相对很多，这也是语文教学的核心内容之一。而阅读教学综合质量的好坏，也是影响语文教学水平高低的重要因素。将阅读教学当作是语文教学的根本并不为过。因此，我们有必要、对语文阅读教学进行更加深入的研究。

阅读是心灵的交换，是读者与作者跨越时空的精神交流。语文中的文学作品是经典，是经过时间沉淀流传下来的精品，是精神产品，是人类的知识和智慧的结晶。

当今的世界是网络信息化遍及的世界，阅读已经不是传统意义上的阅读了。在网络阅读时代，网络文学盛行的情况下，我们更要注重对古今中外经典文学作品的推广。因此，学校图书馆在阅读推广方面发挥着重要的作用，是不可忽视和不容忽视的推动力量，特别是在推广古今中外经典文学作品的阅读过程中，发挥着极为重要和关键的作用。众所周知，经典文学的阅读，是能够提高我们学生的文化修养和文学素养的，并且能

够提高他们的审美能力。

阅读要从经典开始，经典文学作品具备超时代性，不会随着一个时代的消失而消失，因为其自身所拥有的文学生命，使它能够跨越时代、跨越空间，渗透到更加广泛空阔的时空上去。特别是学生，阅读量多了，阅读质量好了，就能够更好地启发其独立思考能力与认知社会的能力，更重要的是，对于学生正确观念的树立有着极为不可忽视的重要作用。

二、营造读书环境，从校园浸满书香起

环境创设的好坏在阅读过程中起着不可忽视的作用，良好舒适的阅读环境会给青少年带来愉悦的阅读心情，能有效调动他们阅读的主动性、积极性。学校要经常在学生常规的校园生活环境中，有意识地创设一种浓厚的读书氛围，让学生在这种氛围中受到经典文明的熏陶和浸染。

（一）校园文化建设

校园文化建设，应该是以读书提高素质，以运动健全人格，促进学生全面发展为宗旨的。校园文化建设的主线路是，校园处处都有书，校园人人都读书。除了图书馆，班级图书角以外，学校还应设有图书漂流箱，敞开的书架、书吧等，这些都为培养学生课外阅读的兴趣、创设了条件、提供了平台……

1. 文化长廊。现在许多学校把教学楼每一层的长廊都建成了敞开的书吧，定期投放各类图书、杂志，供学生们课间、休闲的时间阅读。

2. 图书馆。学校每年都要为图书馆增购不同类型的图书，供学生阅读。作为"智慧校园"学校，老师和馆员要带领学生走进温州市中小学云图书馆、教育科研网等数字图书馆，通过网络开展阅读活动，这样能使图书可以纸质与电子版相结合。全方位的图书提供，使学生阅读书源得到源源不断的拓宽，学生的阅读渠道得到四面八方的支援和拓展，进而促进了阅读量的提高，从而激发青少年阅读的兴趣。

（二）班级文化建设

1. 班级图书角。要让孩子们爱上读书，就必须给他们营造一个良好的读书环境。学校各班级设立"图书角"，鼓励学生捐书，放到图书角让师生共同阅读。除外还要利用好张贴，在班级门身旁边的"阅读争星榜"上定期检查，贴上学生达到的星级数，让学生一到校就感觉阅读之风扑面而来。

2. 班级文化墙。班级文化建设是我们学校的一个亮点。首先要充分利用班级文化建设，凸显课外阅读，布置好教室，让每一面墙壁都能说话，如：贴上名人名言，让学生从进入学校的第一天起就感受到阅读的气息。其次，在班级文化建设中，留有充足的板块，布置关于课外阅读的栏目，各班设立了"好书推荐""书香致远""读万卷书行万里路"等专栏。不仅要让学生推荐自己读过的好书，更要让学生展示阅读过程中的感悟，让课外阅读从有趣走向有用、有效……

（三）书香家庭建设

指导创建书香家庭，争取家长的有力支持。"一个会阅读的人，就是一个会思考的人，一个懂得反思发展的人。"只有爱读书的父母，才能培养出有读书习惯的孩子。学校要非常重视对家长的指导，每个班级都要特别详细地对家长提出课外阅读方面的家庭作业和要求。根据学生的不同年龄段，向家长推荐家长阅读的书籍和孩子阅读的书籍，定期通过校讯通跟家长共享阅读收获。这种做法获得了家长的认可和支持，家庭阅读也进展得十分顺利。

在一个书香四溢、文化氛围非常浓厚的学校里生活学习，学生能从自己所观察到"读书风景"中有所感悟和思考，从而受到情感的熏陶，获得思想启迪，享受到校园文化的浓郁的风雅审美乐趣。

三、阅读教育教学的现状

近些年来，关于语文教育的问题一直争议不断，语文教育的漏洞也是众所周知，亡羊补牢，为时不晚。随着互联网的发展，人们不会再去花费时间走进图书馆去阅读，而是通过互联网进行阅读。人们的阅读习惯，正悄然发生着也可以说是翻天覆地的变化。虽然阅读习惯变化巨大，但是网络式阅读、移动阅读、手机阅读等，是不是真的能够取代传统的图书阅读方式而存在呢？这是当前每一个人都需要认真考虑的问题。

我认为，传统的阅读方式是不能被取代的。传统阅读模式一般都会使读者缓慢投入其中，犹如身临其境地投入思考，在缓慢的阅读中品读到不同的感受。纸质的阅读资料有利于人们的抽象思维和发散思维的培养，有利于孩子开动脑筋，有利于

培养孩子的想象力等。我们常常说一本好书是需要人去慢慢品尝的，用心与作者进行心灵交流的，也只有这样，我们才可能读得尽兴，从而懂得作者的伟大而美好得恰如其分的表述和准确的描述……正是这种好的阅读方法，能够促进读者正确的人生观、世界观、价值观的形成……

在语文的阅读教学过程中，单单是依靠课堂教学和传统的教材这两样东西，已经远远跟不上时代的发展要求，也是无法大幅度提高学生的人文素养的。在网络信息化迅猛发展的当今时代，这种传统的教学方法是不能够激发学生的学习兴趣的，更不要说会形成良好的阅读习惯。

由此可见，培养学生自己的阅读个性与兴趣是提高阅读教学的重要方法与手段。但是，当前我们学校语文的阅读教学过程中，做的是远远不够的，也是远远没有做到位的。换一种说法，如果没有掌握好学生的个体阅读规律，就很难把握好学生的个体需求。因此，教师一定要突破传统的应试教育模式，引导学生大胆突破，在阅读中自由想象，任由思想天马行空地去发散。鼓励学生去感知作者的创作感悟及文学内涵，懂得运用理性的眼光去看待分析社会和人生，这才是语文阅读课堂的最佳状态。

四、开展读书活动，让校园成为读书的乐园

培养学生阅读的爱好，还要开展丰富多彩的读书活动，让他们有机会展示课外阅读的成果，获得成功的喜悦，巩固他们的阅读好习惯。

（一）开展阅读奖励计划活动

我们学校努力营造校园处处都有书、校园人人都读书的氛围。自2010学年开始制定了《阅读奖励计划》并开展实施，帮助学生养成良好的阅读习惯，以习惯带动学生广泛阅读，积累阅读的丰富内涵，学会阅读，学会学习，从而提高学生学习的能力。根据不同年段提出不同要求：高一、高二段每天课外阅读至少30分钟，也鼓励家长进行陪伴式阅读。让阅读真正进入家庭，使读书成为每个人的习惯。

（二）开展图书漂流活动

结合读书节，学校举行家校互动、阅读阅美等图书漂流活动。

首先是将学校图书馆设定为漂流总站，命名为"漂流岛"，每班教室设立为"漂流分站"，班级"漂流站团"负责管理流动的"漂流箱"，让学生自由取阅。其次是为了使图书充分得到漂流的机会，最大限度体现其价值，漂流的图书在每个漂书者的手里停留不超过一个星期时间，希望图书在一个星期内重新回到"漂流箱"。

通过开展图书漂流活动，让书在流动中发挥作用，实现传递知识的价值，从而进一步培养学生良好的阅读习惯，倡导形成爱读书、读好书、善读书的文明风尚，构建温馨和谐的校园文化氛围，让校园的每个角落漂流书香、知识、文明与美丽。

（三）开展跳蚤市场、以书会友等活动

鼓励并指导学生积极参与学校每周四下午3:40—4:00举行的"跳蚤市场"图书交换阅读活动，引导学生学会以书籍为媒介与人交往、相处的能力。引导学生与经典、好书交真正的朋友，营造良好的读书氛围，激发阅读的兴趣，推动课外阅读活动的开展，为营造书香校园、打造书香班级奠定基础。

（四）开展相关的竞赛活动

依据上级要求组织课外阅读系列活动。例如每年一届的洞头区职教中心"书影相随"征文、摄影比赛，"十佳读者"表彰等活动。制作读书卡，画科幻漫画等让学生有了练笔的舞台，学生多读多写，养成读书的好习惯。

如我校建立读书会、社团、书香套餐、学生素养读书认证、掌上阅读、移动阅读、书疗小屋、好书交换、影视名著名篇赏析及专题讲座等，激发学生利用学校图书馆的热情。

五、图书馆在阅读教育教学中的作用

在语文阅读教学中，要充分利用好学校图书馆，这对于学生在课外养成有规律的阅读习惯、养成主动性阅读的习惯是有好处的，也是一种非常重要的途径，也是学校提升教学质量的一种举措。

语文教师应该结合学生的理解能力，很好地掌握使用图书馆的图书资源的方式，将其运用到语文阅读课程之中。学校图书馆作为阅读藏书最为丰富的场所，能够及时地给学生提供大量的课外阅读资料，能为语文课外阅读教育教学提供极为便利的条件。

目前许多学校将语文阅读教学开设成公共课程，学生在课堂上如果遇到的难题和困惑，可以在课后通过查阅图书馆相关资料进行自我答疑，进而加深理解。

学生可以坐在图书馆中慢慢品读经典文学，也可以选择把阅读资料借出来带到教室中去阅读，还可以通过互联网进入到数字化的图书馆中查阅资料。这种多元化的阅读模式，突破了时间和地点的限制，可以随时随地整理收集所需的资料。

上课前，到图书馆收集到相关资料，为课堂的学习做好准备。在学校语文阅读课程中，图书馆馆藏资源的使用，能够有效拓展学生语文阅读的空间。

由于经历了大规模的扩招，学生数量急速增加，各学校阅读的资源是有限的，教师资源也显得有些紧张，无法满足语文阅读教学的需要。在这种情况下，图书馆资源可以有效地缓解这种紧缺的状况，开阔阅读教学的空间。

语文教师也可以在课堂上，适当、适时地将阅读课程延伸至学校的图书馆，这种方式即拓宽了语文阅读教育的空间，也使得学生在图书馆这个外部阅读环境中扩展知识，从而促进学生开展自主探究学习。因此，学校语文阅读课程中，对图书馆图书的利用和教学延伸的教学策略值得提倡，也是非常可行的举措。

六、养成读书好习惯，身教重于言教

平时老师可以有意识地向学生介绍古今中外热爱读书的一些名人轶事，如毛主席、诸葛亮、鲁迅等古今名人的读书故事；也可以在平时教学中，留心观察班中喜爱读书的同学，及时进行表扬和鼓励，请他们谈谈课外阅读学习的收获，以此来激发同学们的阅读兴趣。一有时间，老师就待在教室里津津有味地看书，久而久之，学生也会不自觉地进行模仿，逐渐地走上阅读之旅和喜欢读书的道路。

（一）教师阅读，让读书成为一种好习惯

学校重视教师队伍建设，支持倡导终身学习的理念，加强教师的学习与培训，强化师德教育。坚持实施教师阅读工程的同时，语文学科开展"美文推荐"活动，利用每周教研时间的一节课对所征订的教育教学杂志和报刊进行阅读，并在《美文推荐表》上及时记下文章名称和简单的推荐理由，之后再由其他传阅人写上对此美文的评论。最后向全校的老师介绍好的教育教学文章，共同学习、共同进步，也给学生竖起学习的榜样。

（二）教师指导学生阅读，让学生养成读书的好习惯

当今学生面对的课外阅读背景是广阔的，内容是多种多样、多姿多彩的，让学生在课外阅读的天地中自由驰骋的同时，我们还有必要进行有效的指导。

第一，利用学校网络平台指导学生阅读。学校利用多媒体网络教学资源，充分发挥网络这种特有的优势来指导学生课外

阅读。有老师专门指导学生上数字图书馆阅读，让学生在计算机上可以随心所欲地阅读。教师利用学校网络学习平台教会学生在网上批注，让学生交流阅读读物后的收获和体会，用学生的亲身体验激发情感的共鸣，使之产生强烈的阅读欲望，养成阅读的习惯。

第二，利用校本课程——阅读课和个性化课程，让学生多读书，读好书。在阅读课上，老师开展"推荐一本好书"活动。让学生读书，写感受，制作读书卡。有老师针对如何阅读一本书，如指导学生阅读《红楼梦》《西游记》。有老师进行专题阅读指导，又如《红楼梦》。有老师指导学生阅读《西游记》后，在班上进行汇报交流。学生讲故事、唱歌、演话剧。学生读书兴趣浓厚，养成了良好的读书习惯。

（三）师生共读，让读书成为一种习惯传统

1. 制定读书日。与学生约定周一为师生共读的读书日。在周五时，学生可以选一本希望老师阅读的书，老师可以给学生选，学生可以为学生选。每个人都必须完整地看完对方为自己选的书。而且规定了读书的场所是课室，还可以配上柔和的音乐。通过这样的阅读过程，让学生感受到新奇、有趣，这样既可以快乐阅读，也能养成读书的好习惯。

2. 努力让学生喜欢上一个作者。养成读书习惯的另一个办法就是努力喜欢一个作者。让学生读接近自己生活的名著，这些文章的内容与学生的现实生活密切相关，文章的语言很容易与学生的已有经验建立联系。学生阅读这类文章感到十分亲切，又因为有一定的生活经验，所以理解起来也没有多大困

难。更重要的是，已有的经验知识的积累，能帮助学生找到更准确的语言进行表达。

如我们学校举行"国旗下的讲话"活动、参加学生会、团委竞选等，适时选择一些动人篇章让学生阅读，学生就会热情高涨。当一篇文章能使阅读者全身投入其中，文章对人的影响将会是持久而深远的，不仅内容可能终生难忘，而且有关语言也可能永远难忘。

在重视素质教育的今天，我们要想方设法地让每一个学生有喜欢的书可读，有自己的生活，让书香浸满校园，让读书成为每个学生的行为习惯。

结语

当前学校语文阅读教学的现状令人担忧，传统的教学模式已经越来越不能适应当前快速发展的社会和学生本身的需求。而提高学生本身的语文阅读热情和思考能力、理解能力等，图书馆应该要发挥其应有的作用，并且这种作用是一种不容忽视的力量。在此情况下，学校有必要对图书馆进行更好的建设，积极引入现代化信息网络技术，使其得到更好的发展，更好地为学校的阅读教学提供便利服务。

第一要扩充其中的资源，就是图书资源储备量和储备的图书种类要增加；还要对现有图书馆内资源进行整合，要做到便于查询查找。第二要做好配套设施的建设，也就是说，对于馆内环境要相应地有所改善，建设成舒适、整洁的学习场所，使学生遇到问题难题时，可以在此静下心来进行思考。

语文阅读教学环节，要充分利用图书馆的馆藏资源，并结合现代信息技术手段，使图书馆成为学生课内阅读的延伸，成为学校语文教学的辅助手段，它可以为阅读教学创造出更大的成果和想象空间。

推广阅读、服务阅读、传播文化是历史赋予学校图书馆的任务。学校图书馆应当设立阅读推广组织，拓展阅读服务场所，创新阅读服务方式和品牌意识，丰富阅读服务的内容和方法，建设适合本校特色的阅读推广服务机制和服务标准，使阅读融入广大师生的学习与生活中，让它成为每个人的自觉行为。

参考文献

1.贾子琪，《图书馆在促进阅读教学中的意义研究》.《语文建设》，2015-07-11.

2.培养小学生课外阅读兴趣的策略.http://wenku.baidu.c，2017.

3.《小学生语文课外阅读的研究》.http://www.wendangku，2021.

4.《小学生语文课外阅读的研究》.http://wenku.baidu.com，2017.

5.《小五课外阅读指导》.http://www.docin.com，2012。

6.陆俊芳，《引导课外阅读，拓展教学空间》.《考试周刊》，2015-02-19.

数字赋能：乡村经济文化振兴价值、溢出效应及路径

摘　要　文章简述大数据、人工智能、云计算为代表的数字技术对乡村全面振兴和创新发展起到的作用，列举家乡洞头区的数字赋能对乡村振兴的积极作用。

关键词　乡村文化振兴价值　溢出效应及实现路径

引子

党的十八大以来，习近平总书记高度重视数字技术的发展，大力推进"数字中国"建设。

"数字中国"是新时代国家信息化发展的重要战略，是满足人民日益增长的美好生活需要的重要举措。

2018年4月，习近平总书记在致首届数字中国建设峰会的贺信中强调，加快数字中国建设，就是要适应我国发展新的历史方位，全面贯彻新发展理念，以信息化培育新动能，用新动能推动新发展，以新发展创造新辉煌。

事实证明，在很大程度上，以大数据、人工智能、云计算为代表的数字技术，对乡村全面振兴和创新发展起到加速作用。

《数字乡村发展战略纲要》提出实施数字乡村战略的十项重点任务，包括加快乡村信息基础设施建设、发展农村数字经济、强化农业农村科技创新供给、建设智慧绿色乡村、繁荣发展乡村网络文化、推进乡村治理能力现代化、深化信息惠民服务、激发乡村振兴内生动力、推动网络扶贫向纵深发展、统筹推动城乡信息化融合发展。

其中特别指出，要坚持农业农村优先发展，按照产业兴旺、生态宜居、乡风文明、治理有效、生活富裕的总要求，着力发挥信息技术创新的扩散效应、信息和知识的溢出效应、数字技术释放的普惠效应，加快推进农业农村现代化；着力发挥信息化在推进乡村治理体系和治理能力现代化中的基础支撑作用，繁荣发展乡村网络文化，构建乡村数字治理新体系；着力弥合城乡"数字鸿沟"，培育信息时代新农民，走中国特色社会主义乡村振兴道路，让农业成为有奔头的产业，让农民成为有吸引力的职业，让农村成为安居乐业的美丽家园。

一、以家乡洞头区为例

温州市洞头区总面积2862平方千米，其中陆地面积155.25平方千米。地处浙东南沿海瓯江出海口。南与瑞安市北麂、北龙乡（大北列岛）隔海相望，西与龙湾永强相对，北望乐清、玉环两市。

洞头海域渔业资源丰富，能捕捞的鱼类300余种，其中

常见40余种。主要鱼类有小黄鱼、黄姑鱼、棘头梅童鱼、鯮鱼、鳓鱼、鲍鱼、鲳鱼、鲈鱼、虹鱼、黄鲫、龙头鱼、海鳗、带鱼、马鲛鱼、白姑鱼、石斑鱼、竹荚鱼、鲨鱼等。岩礁潮带生物156种，占总数47.13%；泥质潮间带生物142种，占总数42.9%；沙滩潮间带生物33种，占总数9.97%。主要常见品种有泥蚶、缢蛏、泥螺、彩虹明樱蛤、青蛤、疣荔枝螺、瘤荔枝螺、锯缘青蟹、龟足、藤壶、弹涂鱼等。浮游植物81种，以近岸广温广盐种为主；浮游动物78种（类）（不包括鱼卵仔鱼），以近海暖水类群和近海暖温带类群为主；底栖生物45种，以沿岸广温低盐种和近岸广温高盐种为主。

南北爿山省级海洋特别保护区珍稀鸟类51种，其中国家二级重点保护野生动物有黄嘴白鹭、普通鵟、红隼、游隼和凤头鹰5种；省重点保护动物有中白鹭、夜鹭、棕背伯劳、红尾伯劳、褐翅燕鸥、大凤头燕鸥和黑枕黄鹂7种，历年繁殖高峰期，约有350只黄嘴白鹭、4000只黑尾鸥亲鸟筑巢、产卵。有维管植物67科166属199种，海域有游泳生物23种，其中鱼类14种，甲壳类9种。

洞头素有"百岛之县""东海明珠"美称。洞头是全国唯一以区域冠名的国家AAAA级旅游景区、全国海钓基地、中国十大摄影发烧风景地、中国最佳海岸摄影地，是浙江省重点风景名胜区，浙江省最值得去的50个景区之一。

全区七大景区400多个景点，风光旖旎，山海兼胜，人文荟萃，气候宜人，富有"岛奇、礁美、滩佳、鱼鲜、生态优"的特色，融海上游览、海上运动、海上体验、海洋文化、渔乡风情于一体，与雁荡山、楠溪江构成温州"山—江—海"旅游金三角。

洞头特产有羊栖菜，有"海里人参"之称，现已成为洞头区浅海藻类养殖主要品种之一，全区从事羊栖菜养殖有28个渔村、专业养民800余人，从事羊栖菜产品加工出口企业10家，羊栖菜食品加工企业9家，开发即食羊栖菜、羊栖菜茶、羊栖菜酱、羊栖菜饮料等系列产品10余种。2003年11月12日，洞头被中国优质农产品开发服务协会命名为"中国羊栖菜之乡"。

洞头的紫菜属红藻类，原野生于岩礁上。1968年，洞头紫菜试养成功，并在全县推广。五十多年来，洞头紫菜已成为区域优势特色渔农产业，养殖规模、产量、产值均居全省前列。养殖模式也更多样化，包括滩涂毛竹插杆、深水彩播插杆、玻璃钢、全浮翻转式养殖技术等。洞头紫菜实现规模化养殖同时也加大产品深加工领域发展，专业化合作社和企业相继创办而成。

鹿西大黄鱼，又名黄鱼、大黄花鱼，俗称黄瓜鱼，硬骨鱼纲，鲈形目，为传统"四大海产"（大黄鱼、小黄鱼、带鱼、乌贼）之一，是中国近海主要经济鱼类。鹿西岛海域是洞头洋渔业捕捞场地和野生大黄鱼传统产区，特别是20世纪五六十年代达到产量高峰。由于过度捕捞，洞头渔场海洋生物资源日益枯竭，尤其是野生大黄鱼等名贵鱼种濒临绝种。鹿西海域大山屿海区、仰天岙海区、北山后海区及白龙屿海区水深10—15米，无论是水质、水流、水温均非常适应养殖生态大黄鱼。2014年，浙江东一海洋经济发展有限公司开始在白龙屿养殖黄鱼，养殖面积650亩。2016年，黄鱼岛海洋渔业有限公司开始引进抗风浪深水网箱44口，在鹿西岛东南方向7千米处大山屿

和仰天岙海区开始养殖大黄鱼，养殖面积260亩。2017年，白龙屿生态海洋牧场被农业部评为"国家级海洋牧场示范区"。2018年，黄鱼岛海洋渔业有限公司被农业农村部、财政部联合授予"海水鱼产业技术体系示范基地"称号。

截至2020年年底，鹿西大黄鱼养殖重点企业产品均获无公害农产品证书、有机产品认证等。

灵昆蟳蛑，也称青蟹。属名优水产品，是一种肉肥膏腴、肥满度高、营养丰富的食用蟹。灵昆滩涂地处温州市瓯江口，处于咸淡水交汇处，水质肥沃、水温适中，宜于蟳蛑繁殖生长。近年来，蟳蛑野生资源骤减，灵昆岛蟳蛑人工养殖迅速崛起，有"蟳蛑之乡"美誉。灵昆蟳蛑有较高营养价值，蟹肉含蛋白质19%，脂肪8%，还有糖类、各种维生素等，多与文蛤混养，效益甚佳。

灵昆香瓜，又名甜瓜、白菊瓜、白啄瓜，是葫芦科黄瓜属一年生蔓性草本植物，叶心脏形。花单性，黄色，雌雄同株，或为两性花。瓜呈球、卵、椭圆或扁圆形，皮色黄、白、绿或杂有各种斑纹。灵昆岛属亚热带海洋性季风气候区，四季分明、冬暖夏凉、温暖湿润、雨量充沛、日照充足、土壤肥沃，适宜甜瓜生长。灵昆甜瓜为白皮甜瓜种，具有果皮脆薄、表面光滑、色泽白色，平均果重300克，大果达500克，果肉香甜，回味爽口。

2020年，洞头区辖街道6个（其中灵昆街道和鲲鹏街道属托管）、镇1个、乡1个，16个社区、2个居民区、74个行政村。户籍总人口15.45万人，人口自然增长率0.74%。全年实现地区生产总值114.42亿元，比上年增长6.9%；全区人均地区生产总值73949元。

这些数据让我们摸清了家底，精确了解我们洞头区的发展情况和继续发展的空间，有利于我们统筹发展经济、文化、民生等产业；有利于我们因地制宜、量身裁衣，发展主要支柱产业，振兴我们海岛经济；要循序渐进，着眼长远，着手当前，着力民生，精准施策，为建设现代化经济体系奠定坚实基础。

二、文化振兴带来的效益

2020年，洞头区建成社区文体服务中心18个、城市书房4家、百姓书屋8家、文化驿站4家、新建文化礼堂14家。新创成全国文明村2个、省级文明村镇（单位）5个，全区文明村占比96.9%，列全市第一。开展第四个兰小草爱心宣传日活动。获评省市最美系列、道德模范6人以上。完成洞头先锋女子民兵连建连60周年系列活动，海霞基地项目加快建设、完善海霞学院培训体系，创新军事体验、青少年研学等红色旅游线路，推出"五个一"特色内容，进一步擦亮"海霞"名片。东海贝雕艺术博物馆参展长三角国际文化产业博览会，"贝雕螺钿漆器"系列产品入选中国国际进口博览会非遗，古船木雕被评为第二批浙江省优秀非遗旅游商品。举办首届中国（洞头）渔民画大展，获评"中国（洞头）渔民画之乡"和"浙江省美术写生创作基地"。助推温州市高分通过国家公共文化服务体系示范区创建验收，助力央视大型纪录片《匠人匠心》走进洞头拍摄。举办中国诗歌之岛·第二届国际海洋诗歌节，开展文化分享活动700余场，创作文艺精品500余个，获得国家省市奖项

41个。青山岛海洋公园成为温州唯一入选全国文化和旅游投融资项目。

年末全区共有文化馆1个，乡镇文化站7个，图书馆1个，总藏书41.7万册；艺术表演93场，艺术表演观众5.41万人次；拥有文化设施建筑面积2.35万平方米；国家级非物质文化遗产2个，省级非物质文化遗产12个，市级非物质文化遗产53个；省级文物保护单位3处，区级文物保护单位33处；拥有文化信息资源共享基层支中心1个，省文化强镇1个，市级文化强镇1个，省级文化示范村（社区）9个，市级文化示范村（社区）28个，区级文化示范村（社区）29个。

2020年，洞头区实现农林牧渔业总产值139424万元，比上年增长13.6%。全年实现财政总收入15.43亿元，增长2.2%。全年专利申请受理量166件，专利授权量241件，其中发明专利授权22件。鉴定科技成果30项，新增国家级高新技术企业7家，累计29家；新增省级科技型企业18家，累计120家。落实海洋经济发展示范区八大重点任务，累计完成投资26.6亿元；同心旅游小镇完成投资7.86亿元。大小门临港石化产业区通过省化工园区合格园区评定。状元岙港区新开辟至印尼、俄罗斯集装箱航线，集装箱吞吐量突破40万标箱，增长58%。海运业新增运力13万吨，总运力继续保持全市第一。落地全国首单紫菜价格指数保险。建成韭菜岙沙滩公园，沙滩经济成为亮点，星光夜游经济带上榜全省12条美丽乡村夜经济精品线。

正是这些大数据，使我们有章可循、有据可依。发展经济、产业振兴从来就是一个长期的系统工程，而不是一蹴而成的。产业振兴不是千篇一律，更不能一刀切，领导干部要心中有尺、有数，为当地的未来量身裁衣，就需要摸清家底，而这些大数据，就是发展经济、振兴产业的依据根源。

我们不能盲目跟风、照抄照搬，虽然是同样的发展思路、同样的产业，但结局是大不相同的，别人能做大做强；但由于地理环境、文化氛围等诸多因素的不同，有人会因为水土不服而难以发展壮大起来。

发展怎样的支柱产业，必须结合当地的地理环境、自然资源、技术条件、文化底蕴等特点，要开阔视野、拓展思路、找准方法、精准施策，规划好符合本地实际的产业方向、定位、发展，只有这样，才能推进乡村振兴的发展和上台阶。

三、乡村生态文明建设结硕果

2020年，洞头区坚持生态立区，始终践行"绿水青山就是金山银山"理念，做好保护修复提升，精致打造全域大花园。开展省级山水林田湖草试点，蓝色海湾一期工程通过竣工验收，入选自然资源部第一批社会资本参与国土空间生态修复十大案例；全面启动二期"破堤通海、退养还海、十里湿地、生态海堤"建设，打造国家级湿地公园。深化花园细胞工程，岛上种花、海里种树，花园村庄覆盖率86%。省海洋生态建设示范区创建连续三年考核进入前十，获评省新时代美丽乡村建设优秀区、省生活垃圾分类工作优秀单位，生态环境公众满意度蝉联全市第一。获评省级乡村振兴产业发展示范建设县，生态治理绿色崛起做法入选浙江乡村振兴十大模式案例。加快建设国家级海洋牧场，投放人工鱼礁3.6万空方，增殖放流海洋生

物6000万尾。完成大门、元觉"污水零直排区"创建，推进城北、布袋岙等污水处理厂建设，开工建设小门西污水处理厂，入选全国第三批节水型社会建设达标区。加快中央环保督查问题整改，生态化治理网寮鼻、相思岙、大小门等矿山，启动"无废城市"创建。

累计建成国家级生态街道（乡镇）5个，省级生态街道（乡镇）1个，市级生态村65个（由于2019年洞头行政区划调整，部分生态村合并），生态村覆盖率95%；国家级绿色学校1家，省级绿色学校9家，市级绿色学校11家；省级绿色社区3个，市级绿色社区5个。全年空气质量有效监测天数355天，其中空气质量达优良的天数345天，环境空气质量优良率97.2%，PM2.5年均浓度为18微克/立方米。

产业兴旺是乡村振兴的重点，不仅要找准发展路子，还要选对发展方式。需要的是党和政府重视细节、眼光长远、留住人才、培养队伍、硬件软件同步抓，依托产业支点拓展产业链价值链，推动一二三产业深度融合发展，不断培育出一批要素集聚、主体多元、机制高效、体系完整的农业农村新业态。而我们这些大数据，就能够提供有力的分析和统筹谋划作用，只有如此，才能够不断推动，延伸产业发展的链条，为乡村的可持续发展提供源源不断的动能。

结语

从发展实践来看，乡村经济高质量发展主要表现为产业体系完备、市场竞争力增强、资源配置趋优、产能结构合理、各类主体活力十足。可以说，全面促进乡村经济高质量发展，已成为中国有效推动农业供给侧结构性改革和实施乡村振兴战略必须完成和不可规避的现实任务。

新经济增长理论认为，推动经济增长的核心动力是技术进步，而现代乡村农业技术的每次演进都离不开信息化的强力支撑，乡村农业信息化已经成为推动乡村农业高质量发展的重要动力源。农业大数据、云计算、移动互联网、农业物联网、人工智能等农业信息技术的进步与渗透推动了数字经济在农业领域的发展，利用数字技术赋能农业，有助于提升乡村农业生产效率与发展质量。

随着农村网络基础设施的不断普及和信息产业的快速发展，基于数字技术的信息红利不断向农村地区和乡村农业领域快速扩散。已有研究表明，信息技术能够提高人力资本、提升农户的市场对接能力、激发互联网消费、创造就业、改善乡村农业产业组织体系，为乡村农业产业发展模式和组织形态重塑带来新的机会，给乡村振兴以及乡村农业高质量发展提供新的历史机遇。

以温州市洞头区的数字技术发展来看，它是大大有力推动了当地经济的发展，洞头区是智慧城市，它的信息技术创新的扩散效应、信息和知识的溢出效应、数字技术释放的普惠效应，将会更快推进农业农村现代化建设，以互联网，微商、远程教育等等为首的数字经济的发展，洞头一定会迅速腾飞，会越来越美好，让我们拭目以待。

参考文献

1.洞头年鉴2021年[M].方志出版社，2021年12月.

2.福建农林大学公共管理学院."数字中国"赋能高质量乡村振兴[N].中国社会科学网-中国社会科学报，2021-08-11.

3.夏显力，陈哲，张慧利，赵敏娟.农业高质量发展：数字赋能与实现路径[J].《中国农村经济》，2019-12-30.

4.刘万余，梅立润.数字乡村建设：理由证成与困境预判[J].《大连干部学刊》，2019-10-15.

5.陈戈，数字乡村赋能乡村振兴[J].《中国信息界》，2020-08-25.

6.王谦，数字乡村建设进入新时代[J].《中国建设报》，2019-05-31.

学校图书馆开展整本书阅读的实践浅析

摘　要　整本书阅读现状十分令人担忧，图书馆员要善于应用对策、方法使学生乐于、善于整本书阅读，并掌握方法，提高语言、思维、逻辑等能力。

关键词　学校图书馆　开展整本书阅读　实践浅析

一、读者整本书阅读现状

"读整本的书"是叶圣陶先生语文教育思想的重要组成部分，整本书阅读能够扩大阅读空间，能在阅读过程中培养学生良好的阅读习惯，同时也促进语言发展、思维锻炼、精神强健、境界提升等一系列反应。

目前，中学生整本书阅读现状十分令人担忧。我们语文教师画地为牢，让数以亿计的学生把全部时间、精力封闭在极其有限的应考知识上。而对整本书阅读方法的指导缺乏应有的重视，往往指导方法形式单一，缺乏科学的评价体系，忽视了对

整本书的语言及思想内容的消化吸收。因此我觉得，图书馆员、语文教师在学生整本书的阅读中应该要担当起责任，有所作为。图书馆员、语文教师应该努力成为学生整本书阅读的推动者，促使师生之间、学生之间形成良好的相互促进作用，诱发自然产生的阅读兴趣，鼓励学生多角度阅读经典，重视文本，在充分的合作与互动中形成分享阅读的氛围，努力构建整本书阅读指导的策略。同样作为图书馆馆员，特别是社区图书馆馆员，对低年级学生、成人读者、老年读者，进行整本书的阅读指导也是势在必行的，它对促进终身教育的作用不可小觑；它包含着我们社区读者对读书的兴趣及热情的培养，是指导他们登堂入室进入知识海洋库的一把钥匙，是他们通向成功的金光大道。只有教会了读者读书的方法，他们才会终身受用，授人以鱼，不如授之以渔，教育，也是一样的道理。一个好的称职图书馆馆员，不但要给学生（读者）以知识，还要教会学生（读者）的学习方法。

不可否认，现在的学生，无论文科或是理工科，他们的总体语文水平（含阅读和写作能力）是一届不如一届。入学新生语文水平退化的原因莫衷一是。中国70后、80后一代的生长过程，是伴随电子媒介成长的。而电子媒介以图像、画面、符号为主要审美元素，我们深切体会到它只要求观众去感觉而不是去用脑子想象，当传播可以通过手指比画实现时，我们的嘴巴反而沉默了，写作的手也顺势停下来了。再也没有用大脑去思考一些问题了，因此头脑也开始萎缩了。就内容而说，电视文化混淆和消泯儿童和成人之间的分界线，入侵了儿童天真无邪、好奇心和可塑性的精神世界。电子媒介的形式和内容，是对儿童思维和感性的异化，是对儿童道德和情感的扭曲。中国70后、80后（也包括90后）一代的生长，其童年阶段，就是对纸质文化的疏离，说得白一点，就是对书面语言的阅读时间的被挤窄被侵占，这也是不争的事实。阅读的缺席使得语文学习成了无根之木、无源之水。同理，其他学科的文本学习也像语文那样，不了了之。

我们提倡整本书阅读，那是因为整本书阅读的价值与创新之处是有目共睹的。它可以提高读者的思维能力、语言能力、审美能力、逻辑推理等。

我们通过各种手段和措施，来提高学生（读者）对整本书的阅读兴趣及阅读能力，让书丰厚，使书鲜活。

二、整本书阅读的内容步骤

（一）创设阅读氛围，激发整本书阅读的兴趣

馆员、教师要重视学生阅读的兴趣，更要重视产生兴趣的源泉和维持兴趣的动力。要让学生对经典怀着难以磨灭的热情，让一时的兴趣变成终生的热爱，变一时的热衷为持续发展的劲热，久久为功，努力创设阅读名著文本的良好生态氛围。

（二）探索"整本书"阅读指导课的形式

1. 好书推荐课

馆员、教师用激励性的语言鼓励学生选取本节课中推荐的好书进行阅读。在阅读中验证同学（读者）所得，并鼓励获得

个体阅读体验。比如写一篇读后感，摘录一段认为好的有启发意义的文字等。馆员可以用这样的方式列举一个作家的作品，然后比较另一些作家的作品，推荐作家的形式可以是表格式、卡片式，也可以是文字式音乐式。要有推荐的理由及建议。

2. 读书指导课

馆员在指导课中潜移默化地进行读书方法的指导，培养学生（读者）的语言表达能力、想象能力，形成初步的鉴赏能力。

3. 读书交流课

读书交流课能拓宽学生阅读的触角；读书交流课能延伸学生阅读的深度。让学生（读者）在交流中获取新知，在交流中产生思想的火花和思维的碰撞。

4. 读书欣赏课

对整本书中优秀片段、章节进行鉴赏，培养学生（读者）文学作品的理解鉴赏能力。

5. 延伸活动课

（1）诵一诵，含英咀华出滋味。（2）写一写，匠心独运巧摘记。

（3）辩一辩，各抒己见展口才。（4）编一编，奇思妙想求创意。

（5）演一演，一个学期一台戏。

整本书阅读的前提措施：在温州洞头的各个社区街道争取建设城市书房，在车站码头、旅游景区、公园等地建设图书室等，在学校各个班级建立图书角等。

根据读者的年龄、阅读能力进行合理的划分，结合语文教学内容，制定合理的目标。

在整本书阅读教育中，激发读者的阅读兴趣，引导读者积极参与整本书阅读活动。了解当前我校学生及社区读者的整本书阅读的意识、态度、需求与能力情况。通过谈话、家访等方式深入了解当前中小学生与社区读者整本书阅读的现状、做法及存在的问题。

组织并开展各项工作活动。在整本书阅读教学中观察、记录，获得第一手资料，通过晨读前五分钟分享、亲子共读整本书、整本书阅读词语积累、整本书阅读优美句子积累、整本书阅读读书笔记等丰富多彩、灵活多样的活动，不但更新了教学理念，优化了方法指导，更会使自己在图书馆工作实践中不断得到实践和创新。

三、阅读研究的内容与意义

（一）整本书阅读对于学生（读者）具有更深刻的意义

1. 发展语言。整本书阅读让学生（读者）有机会接触到大量的经典作品。其丰富的语言材料，朗朗上口的优美文字，千回百折、荡气回肠的语言构成，妙笔生花，泉涌笔端，一脉相承的文字渗透，有利于学生（读者）根据自己的喜好进行吸收消化。譬如：学生（读者）遇到自己喜好的语言形式，会不自觉地模仿。在某一个阶段读某位作家的作品，学生（读者）习作中就会有模仿的痕迹，虽说是花开无声，但只要静下聆听，就会发现，对学生（读者）的这种潜移默化的影响很深。许多研究成果也表明，后天环境能在很大程度上造就一个新人。

2. 丰富的情感审美体验。整本书负载着丰富的文化信息，

传递着丰厚朴素的价值观、世界观、人生观，在阅读的过程中，学生（读者）自然会受其熏染。学生（读者）品味的文本语言越多，其接受的文化就越丰富，受到的影响也就越大。学生（读者）丰富了语言、发展了思维、开阔了视野，能够在阅读中获取更多的情感体验。整本书阅读的过程，必然包含智育、美育和德育等众多的因素，并且始终伴随语言学习的过程，并且是与书本中的美文、氛围、主人公的情感脉络产生美妙的共振频率。

3. 锻炼记忆力。我们的教育如何使学生变得更加聪明，其锦囊妙计不计其数，但方法不是补课，也不是增加作业量，而是阅读、阅读、再阅读。当读得多了，积累多了，慢慢也就培养了语感能力，当一个人的语感能力增强了，那么他们的记忆力和理解力也就潜移默化地得到提高了。我们都有这样的体会，当阅读量达到一定程度，我们会惊奇地发现，自己接触一段文字，读过一两遍就能记住它的大概意思，而且阅读的速度越来越快，理解能力也越来越强。学习好的人，记忆力强的人，往往善于抓住重点、抓住精髓，善于组织材料。又因为孩子们喜欢读书，脑子里储备了大量的文本信息，所以他们获取信息和处理信息的能力自然就超过别人了。

反之，如果一个孩子没有进行大量的阅读，仅仅只看教科书、教辅书，那他的精神发育就会不良，缺乏必要的知识体系支撑，也没有融会贯通与随机应变的知识能力，也没有满腹经纶的内涵，更没有腹有诗书气自华的气质和自信，那孩子的前程一定是走不远的。

依据学生（读者）特点和读物特点指导学生（读者）阅

读。可分为，按学生（读者）年龄特点指导；按读物特点指导；按阅读本身的规律指导。

优秀的阅读指导应该像优秀的文本作品一样，把所有的功利性目的都隐藏在丰富的阅读活动背后。阅读的主体是学生（读者），只有让学生（读者）自己通过阅读交流，才能获得真正属于自己的学习体验，也只有这样的阅读，才会更动人、更持久。

（二）渗透整本书的阅读策略

比较常见的阅读策略有，预测、激发已有知识和经验、提问、联想、推理，找出主旨级重点、作者的观点等。我们把这些策略用到教学的文本书籍和文章中，就能引发学生（读者）更多的思考。下面简要介绍几种读书的常用方法：

1. 诱读法。要求文本趣味性较强，其自身有一定的魅力。撷取其中的精彩部分读讲给学生听，用精彩的故事吸引学生，勾引起学生的阅读欲望。

2. 导读法。对那些趣味性相对欠缺、阅读有一定难度的文本，教师要不遗余力地上好导读课。上好导读课，能够帮助学生梳理内容，降低阅读难度，不但能引起学生的阅读期待和兴趣，还可以提供给学生阅读中长篇文本的方法。

3. 推读法。一些游戏文本作品设有悬念。在阅读中，根据已有的线索合理推理，也是促进学生深入阅读的一种策略。这种阅读活动既能促进学生的细致阅读，又能引发学生的思维活动，让阅读趣味化。

4. 多种读书方法并用。如：概读法、比较法、排行法、回

读法、理读法等。

以上这些阅读方法，教师、馆员应该教会学生（读者），不然，学生（读者）在自读的时候，拿过来一本书，也不知道如何阅读才能提高阅读的效率。

结语

相信学生（读者）会如我所愿，渐渐地爱上阅读，我真心期盼精彩的书籍可以陪伴我们的一生，因为有书读是幸福的，是深沉高雅的。最后引用一句格言：古今来许多世家，无非积德。天地间第一人品，还是读书。愿这句话与各位追求学问的同仁共勉。

参考文献

1.王薇艳，高中现代诗歌教学研究.《中国优秀硕士学位论文全文数据库》，2013.

2.李怀源，由叶圣陶"读整本书"思想谈小学整本书阅读.《小学语文教学：人物》，2013.

3.百度文库，小学生整本书阅读延展活动的策略研究.

4.李倩倩，关于"读整本书"的意义及策略探究.《考试：教研版》，2012.

5.邵兰飞，将"悦读"进行到底——我的整本书阅读指导策略.《小学教学研究》，2015.

6.郑雪锋，云环境下阅读推进实施路径的探究.《新教师》，2019.

7.刘国辉，整本书阅读指导策略.新浪博客.sina.

8.百度文库，教学论文.小学生整本书阅读延展活动的策略研究.

9.小学生整本书阅读延展活动的策略研究Word文档资料下载.

10.唐礼芳，博观而约取.《安徽教育科研》，2018.

书中自有黄金屋

——学校图书馆阅读推广的途径与实践研究

摘　要　阅读推广是图书馆的一项重要工作，它的方法、方式很多，举例本学校图书馆的阅读方法和方式，希望能起到抛砖引玉的作用。

关键词　学校图书馆　阅读推广　实践与研究

什么是阅读推广？就是图书馆和社会组织为了培养读者的阅读习惯、阅读意识及阅读兴趣，提升阅读能力所做的一切工作的总称。又因为图书馆拥有专业的人力资源、琳琅满目的馆藏图书、丰富多彩的信息资源、优雅独特的空间环境、整洁安静的书房，以及浓郁典雅的人文设计要素、富有人文气息的独特氛围，使其一跃成为阅读推广的主阵地和主力军，为阅读推广奠定了坚实的物质基础，提供了丰富的精神食粮，从而成为阅读推广的领头羊和排头兵。

为了更好更有效地开展教育教学活动，我们学校图书馆开展阅读推广服务显得十分必要和紧迫，并且是大势所趋。阅读推广是图书馆向公众提供的一项重要服务。每个社会成员都是阅读推广的对象，也是担当阅读推广的宣传员和接力者。我们要努力让社会每个成员养成自觉的阅读习惯，像吃饭那样不可缺少，其难度，是可想而知的。而这件难以办成的事恰恰也是最有价值、最值得去我们每个馆员要去认真做的事，这就是阅读推广存在的价值。社会成员如果没有阅读的自觉和习惯，那全民阅读也可能就是挂在嘴里的空中楼阁罢了，也只是停滞于想象的层面，纸上谈兵，这显然不利于书香社会的建设。

阅读推广离不开阅读指导。阅读指导，不仅仅反映图书馆的教育过程，更反映出馆员的素质问题，也是反映公民文化程度高低的一个缩影。我们阅读推广的目的就是，在了解读者的爱好和要求的基础上，用我们的学问、智慧、阅历去影响改变读者的阅读习惯、方式、方法及阅读内容、目的。这就是阅读推广的成功案例，也是我们馆员孜孜以求的目标。

一、阅读推广的实践

践行全民阅读，图书馆馆员将担当着责无旁贷的责任与义务。本文以洞头区职教中心图书馆为案例，总结和论述在阅读推广方面取得的点滴成绩，希望能起抛砖引玉的作用。

（一）阅读推广的组织与宣传

学校图书馆在阅读推广组织方面得到了学校领导的高度重视和鼎力支持，办公室、教务处、学生处、团委等部门的通力协助，图书馆馆员、学生助理馆员的共同努力践行下，校图书

馆在阅读推广方面也取得了一些成绩。具体阅读推广程序如下：以教务处、馆领导统筹安排决定，拟好文件，策划方案。办公室协助，执行方案，大家各司其职，各尽其责，团结协作，将每一项活动的创意策划、人员安排情况及物品奖品的购买和活动总结等一一落实到位，保质保量地完成工作任务。在宣传方面，将新旧媒体有机结合起来，对阅读推广项目进行宣传报道，让更多的公众和学生知晓并参与进来，来达到增强读者的阅读兴趣、逐渐养成爱读书的好习惯的目的。

（二）举办微书评比赛

微书评比赛，由图书馆馆员负责策划活动方案程序，印成小册子，里面有阅读参考书目，制作海报并进行宣传，馆员负责收集、整理参赛作品，聘请专家学者参与作品的评选。微书评一般发表在网络上，写作风格多是散漫、零碎，特点突出，短小精悍见长，字数一般在140字内。它以轻灵、活跃、抽象、跳荡、温馨、感性、优美的语言传播于各类移动终端，让人们在空闲与零散的光阴里，以不经意的方式接收和传播。

微书评活动得到了广大学生的积极支持，大家都踊跃参与。它既激发了学生的阅读写作热情，也提升了学生的文学素养，同时展示了学生阳光向上的精神风貌。

（三）营造富含文化氛围的"书香阅读"读书活动

我们学校图书馆每年都举办了"书影相随"等系列主题摄影、征文比赛。学校图书馆馆员策划活动方案和作品的收集、整理，并参与评选。聘请专家评奖，甄选出获奖作品，然后公布名单，颁发奖状、奖品。主题摄影、征文比赛受到了同学们的广泛关注和踊跃参与，它不仅活跃了图书馆人文艺术的氛围，而且培养了学生的审美情趣及艺术灵感。

在每年的4月23日世界读书日，我们学校图书馆都会开展"阅读之星"评选活动。馆员通过图书管理系统整理统计出读者在上一学期的借阅量，借阅册数最多的读者成为学校图书馆年度的"阅读之星"，每年评选15人。该活动旨在鼓励广大学生多读书、读好书，促进阅读意识，培养阅读好习惯。

（四）"书香留痕"抄书接力活动

每年10月至11月，一个多月时间。活动地点：图书馆一楼阅览室指定位置。

活动方式内容：阅读与抄书。

抄书是一种提升阅读兴趣、增强阅读记忆的途径。图书馆为你准备好一盏灯、一支笔、一个本子和一张书桌，期待你走进坐下，专心细致地抄录下那些曾经感动过、启迪过我们的文字，与很多人一起接力，集腋成裘、聚沙成塔，最终完成一本书的抄录。用这种简单古老的方式触碰起心底的涟漪，也是图书馆高雅朴素的简易游戏，对推进书香校园的活动起到了良好的作用，很多同学说有趣又带劲，希望年复一年地办下去。

每个人参与活动后赠给一份小小的纪念礼物。

二、坚持勤阅读多思考

社会上普遍存在着浅阅读和功利性阅读的情况，思考和积

累性阅读反而大大减少。要做到读懂读透，就要鼓励读者勤阅读多思考，先学习知识，然后运用知识，独立思考，形成自己的看法和思路，然后能成为提高自己思想认识的一个路径。会读书的人看懂的是别人思考的框架，不会读书的人只是记住别人思考得出的结论。所以我们要做书的主人，而不是被书本知识牵着鼻子走的人，只有这样做，才能让我们的视野有所开拓，心灵才能得到滋润，思想才能有所启发，智慧才能有所开发。要把培养阅读探究思考的习惯纳入阅读推广中去，要举一反三、灵活多变，提高读者的阅读能力及创新能力。

三、坚持持之以恒的阅读

习近平总书记指出"要加快推进马克思主义学习型政党、学习大国建设"，"要提倡多读书，建设书香社会"。

在温州，让城市的每扇窗户都透着阅读的灯光，已经成为时下最流行的阅读话语。是的，在温州这座流光溢彩的美丽城市里，读书早已是万家灯火的事了，是全民的日常生活，如同柴米油盐那样离不开。而温州的城市书房是一城风尚，一城的风景线，更是精明的温州人集体的追求。

是的，有一大批热爱阅读的市民作为阅读大厦的深厚根基，有一大批有识之士的高屋建瓴和高瞻远瞩，全民阅读已在温州生根发芽，并且已长成枝繁叶茂的参天大树。

将阅读融入每天的学习、生活和工作当中，树立终身阅读学习的习惯。让书籍与读者相伴，让睿智、高雅的情操与他们为伍，营造浓厚的书香社会、书香校园、书香家庭，让阅读持之以恒。

结语

年复一年，温州人用执着和坚守将阅读薪火相传，让城市书房遍地开花，给温州注入无限的生机和活力，给温州赋予了浓郁的书香氛围、清新爽朗的文化气息，其影响必将是深厚久远的。

然而我们还有一项重要的任务，就是提高读者的阅读质量。在图书浩如烟海、品质优劣参差不齐，网络碎片化阅读盛行的情况下，阅读推广馆员需要有辨识能力、有态度担当，以便让更多的好书抵达读者的心灵，让深阅读更加深入，更受欢迎。

侧耳青山，书声琅琅。温州这座美丽的海滨城市的阅读风气早已融入城市的文化命脉，城市以阅读为荣，市民以阅读为乐，阅读成为一种生活时尚，温州人从知识中获得力量、汲取智慧。尊重知识、追求学问、知书达理、出口成章的文明新气象在这里点燃升腾，城市因热爱读书而赢得尊重和喜爱。

虽然全民阅读任重道远，但作为馆员的我们进行阅读推广是一种责任，也是一门精深的学问，需要兢兢业业、精耕细作。但愿书中自有黄金屋，书中自有颜如玉的古训教条永远扎根在我们每一个人心中。

参考文献

1.杨莉，国内图书馆阅读推广研究现状分析 [D].科技情报开发与经济，2014.

2.郑章飞，图书馆阅读推广理论与实践研究述略[D].图书馆论坛，2010.

3.王磊，图书馆微信公众平台推文主题传播研究[D].合肥工业大学图书馆，2018.

4.叶仙娥，黄克文.谈阅读推广工作助推校园文化建设实践探析——以武汉工程大学图书[D].文化创新比较研究，2019.

5.丁冬，张长秀.图书馆阅读推广概念的多维度辨析与研究[D].图书馆，2019.

6.王婷，公共图书馆数字化阅读推广探析[D].武汉图书馆，2015.

松阳的泥土房子

  2008年11月21日，我第一次兴高采烈地专程踏上浙江省丽水市的土地，在这之前，只是路过丽水，而这次是温州市洞头县文联集体去丽水采风……

  车子飞快地经过一个又一个地方，上午11点左右，我们顺利地到达丽水市的松阳县，松阳县文联的工作人员前来迎接我们，然后用车引路去参观松阳的延庆寺塔。

  延庆寺塔为松阳的标志性建筑，它位于松阳县城西2.5公里处，被誉为东方的比萨斜塔，享誉省内外。古塔纯朴天成，六面七级，为楼阁式砖木结构，塔高38.32米，远远看上去，显得挺拔俊秀。塔的四周，草木葱茏，景色宜人。我们沿着木梯上了一层楼，往下看，四周景观壮美，在这深秋的早上，因为在塔里站了一会儿，便觉得有了点凉意。

  我们每个人都拍了一些照片，走马观花般地东看看西看看，其实延庆寺塔要看的景点很多，只是我们是外行人，只能是看看塔的外观而已，而细微巧小处，周边的传说、附近的景

点人文等，我们则一一遗略了⋯⋯

12点左右，我们一行便去饭店吃饭了。丽水地区的吃食跟我们海岛地区的吃食还是存在很大区别的，我们主要菜食是海鲜，而松阳县的菜食主要是肉类，野猪头肉，蜜枣番薯等，都是它们的特产。其实，这样的伙食也相当不错和可口。

午饭后，我们一行人来不及休息又出发了，一路上经过层层盘旋向上的公路，我们的车在紧张又兴奋的期待中缓缓地开往高处，到了松阳县四都乡寨头摄影休闲园。

寨头摄影休闲园是松阳县摄影家协会毛会长创建的，位于松阳至金华古道的寨头岭背，四周群山环抱，山庄凌空悬挂。休闲园附近有一段山坡，用整齐的石头卵砌成一堵长长的石卵墙，看上去很有亮点，也很有艺术感，这是拍摄的好背景。

休闲园大门用古老的建筑遗物仿古建筑，餐厅布置得古朴典雅，总台、会议室用古老的栏杆、桌、椅、窗花合并而成。会议室的地面，用古老的砖头平铺起来，很有古风古朴的感觉，一看就知道是个懂摄影艺术的人经营的。休闲园后背上有个天池，水清地净，也是个好玩的地方。

我们一帮人马又到了平田村参观，只见这个村的村民大多数还居住在黄泥土砌成的屋子里，古老的泥土屋子与身边宽敞的水泥公路形成了鲜明的对比。站在高处，看那紧密挨着的黄土色的泥房子，好像又回到几十年前那古老封闭的乡村生活，淳朴、原始、寂静，与世隔绝⋯⋯

我们在寨头摄影休闲园住了一夜，第一次在山上过夜，一个突出的感觉是有点冷，还是有点冷，这就是松阳给我们的印象⋯⋯

（写于2008年11月，修改于2022年10月）

花岩国家森林公园

　　2014年4月我们温州同济大学博士课程班的同学坐私家车兴冲冲地去瑞安同学家乡游览国家级森林公园——花岩国家森林公园，一路上有说有笑，一到公园，看那气势，才知道是名不虚传。

　　花岩国家森林公园位于瑞安市西部，飞云江北侧，是瑞安市寨寮溪风景名胜区的重要组成部分，处在温州至百丈漈·飞云湖国家风景名胜区之间，距温州60公里，交通便利。

　　花岩国家森林公园成立于1991年11月，2002年11月，经国家林业局批复同意晋升为国家森林公园。公园由花岩、五云山、新建、大垟坑、小坑、老龙岗等六个林区组成，规划面积2640公顷，森林覆盖率达95%以上。最高峰为五云山，海拔1026.6米。

　　匆匆吃了午饭，同学们在公园的入口处合了影，这是最后一次上课，以后同学们在一起的机会少了，所以大家格外珍惜这最后一次活动。

进了景区，开始爬山了，台阶就固定在山的旁边，看上去比较危险，如果胆量小也不敢往高处走。

同学们三三两两在一起，有说有笑地往山的深处爬台阶，我因为胆小，就尽量往山的内边靠拢。路上的人也不是很多，我们一边走一边拍摄，这座山共有九个潭，每往上走就会出现一个潭，宛如九龙，溪蜿蜒曲折，碧潭银瀑，犹如镶嵌着一颗颗蓝色宝石的白练。自海拔1000多米的五云山巅汇涓纳流，急泻而下，潭瀑联生，飞珠溅玉的九潭九瀑奇观，真是妙绝。这九潭分别是古钟潭（一潭）、龙井潭（二潭）、飞龙潭（三潭）、铜镜潭（四潭）、玉瓶潭（五潭）、洗心潭（六潭）、琵琶潭（七潭）、溅玉潭（八潭）、九龙潭（九潭）等。

走到一处，发现许多游客在潭里摸石头，我还以为是在溪里抓鱼，却见他们在兴致勃勃地挑石头。一块块鹅卵石光滑漂亮，他们像捡到宝贝那样把鹅卵石放在包里，我们看了觉得惊奇。

爬山真累，但路边的风景又使你心旷神怡，使你忘记了路途的疲惫。倒是同来的小朋友不知疲惫，蹦蹦跳跳走得又快。有同学已经爬到最高峰了，我们还在山的高处行走，前面的同学已经掉头回来了，说说笑笑，我跟同学又往回走了。走到半路，发现有一个寺庙，有点规模，香火蛮盛，外围竹子栽种，又有名贵花木，清幽、安静，是修行的好去处。

我们往回走，快到景区门口时，突然发现一群马在驮砖，那马呀真聪明，老马识途，真正是眼看为实。那一群马在一匹老马的带领下，排着整齐的队伍，驮着砖一步步地沿着崎岖的山路往上走，真是奇迹。我们不知不觉地观察起这些马来了，只见它们每到一处，只要口渴，就会伸头去喝路边水桶里的水。这队马最后头跟着主人，只见这人拍拍手掌，马就走得快些，这些马跟主人配合得十分默契，真是令人大开眼界。

这次到瑞安，我们玩得开开心心，虽然其中有小插曲，但也显示同学之间的友谊比金子还贵重。再见同学，再见老师，愿你们的生活、事业如花般美丽，如蜜般幸福。

（写于2014年4月）

擀大面

在我小的时候，由于当时的生活水平所限，吃一碗米饭是非常奢侈的事。因为生长在农村，妈妈每次都用麦子磨成面粉，然后加工做成面条、面饼、面团什么的，五花八门，但那时对生长在农村的我们一家子来说，是绝对的美味佳肴。

农闲时，妈妈会用麦子粉擀大面。那面团被用力地揉啊揉，再用面棍把它整平、拉薄、拉圆、拉大，然后卷起来，用刀切，切成面条。放在锅里煮熟后，放点蒜头，加点猪油，绝对是美味。我们兄弟姐妹基本上吃得津津有味，而且是一扫而光。有时，妈妈则将面团煮成甜食；那是我喜欢吃的，也是家里人喜欢吃的；有时做面方块，就是把面皮切成方块，和粉干一起煮，放自家种的几根葱、大蒜，放点猪油又是一顿好餐。

那时，吃饭没有菜，就吃自家种的大头菜，或去摘番薯叶，炒起来当菜吃。挖胡葱也是小时候常有的事，胡葱挖来了，烧成胡葱糊糊，这是当时农村人常吃的饭食。到海涂里抓小螃蟹，洗干净，用面粉混合起来，放在油里炸，是上乘美食。

由于那时生活艰难，粮食不足，小麦，成为当时的奢侈品。当时我们对小麦不但情有独钟，而且它也是当时我们生活当中的救命稻草，小麦也成了我小时候记忆中最美的粮食了。

（写于2007年）

不想出名

　　小时候，和哥哥看电视，看到屏幕里有一个漂亮的风华绝代的女记者，那着实令我羡慕，那风风火火，能干，漂亮，使我产生一个念头，长大要当记者。若干年后，我有机会去县广播电台当编辑和记者，虽然是临时工，却也干得相当认真和投入。后来去温州的报社当编辑，结果怎么样，当了编辑、记者老是觉得相当吃力，也不风光，只是想多些文字见报，多拿点稿费、工资，多见点社会效益。可你想一想，一张小报，没有什么影响力，连工资也发不出，最后被别的报社给合并掉了。

　　在县广播电台当编辑的那段时间，有个任务就是写稿件，每天爬格子，写新闻，还蛮见效的，省市电台没少发的，可也神气不了，只不够是名无名小卒。后来，连记者梦也破了，只好转干文字写作，幸好，在年轻的时候，跟人学过写小说，也研究过诗歌和传记，所以写起来也算得心应手，一弄，两弄，弄了两本书出来。那时在一帮小青年看来，还算牛过一回，但他们哪知道穷人的日子难过，首先文章不是篇篇珠玉，第二属于自费出版书籍，经费难得很。

我的许多诗词界的老朋友先生，都因为没有经费而将几十年的心血诗作白白作废掉，连一本传给子孙后代的也没有。当然，本人出书也想出名，但我也不想出名，因为鄙人乃一介穷书生，不是大腕、名人、名星，不用去炒作出名，只结交几个诗友，写诗和唱，自得其乐，其乐融融，诗书作画，雅度幽兰。

最后，在一段较长的时间里，我都在看韩剧《大长今》，一天六集，有时一天一集，有时没空，就不看了。后来又看了《东京审判》，本来是学校包场的，因为到杭州学习，错过了机会，这几天坐在电脑前，进入温图影视，看了一遍。

后来又看了郭德纲的相声，觉得有一点意思，最后是看陈思思的演唱光碟，漂亮的，年轻的，甜甜的，又一个军中夜莺。然后统统不看影视作品，读书，散文、随笔、小说，什么都读、都看，这样也怡然自得，没有人打扰的岁月，专心读书，过上了清心、安静的生活。

有时学生到我这里来看韩剧《大长今》，因为她家里没电视，我就让一个位置给她看。贫困生，要关照，十六七岁的孩子，没电视可看，够不好受的，我安心地让她痛痛快快看一小时的影视。一小时到后，我就让她走，去读书，或回家帮家里人的忙，不会赚钱也该帮家里人的忙，要是读书好，考上大学，将来有个好工作，可能摆脱贫困，不然只能解决温饱问题。

想来，人也不要出名，只要自己过得快活，那名又有何用。

（写于2007年）

今夜漫步西湖

　　连同一位学生，另加两个学友，我们准备去看夜景，这是我在杭州的第三天。

　　第一次到西湖要追溯到十几年前在浙江大学读书，那时，我们班的同学都悄悄地溜到西湖那边去划龙舟了，回来后个个扬眉吐气，开心得很，搞得我很是羡慕。那年，我的三哥正好经过杭州来看我，我马上向哥提了个建议，就是去看西湖，哥便答应了。一晃十几年过去，我又到西湖玩了多次，汽艇也坐过一次，那是前年的事了，而夜西湖，我还是第一次来游玩。记得苏东坡写过："水光潋滟晴方好，山色空蒙雨亦奇。欲把西湖比西子，淡妆浓抹总相宜。"今夜西湖山坡上灯光如月色，空蒙新奇，树木可见，月晚的西湖人来人往，天气又非常适宜外出，不冷不热，恰到好处。湖面平静如止水，不时见游客忙着拿出照相机，不停地拍录。我的学友，后来成了同学的宁波电台的蒋萍美眉，也忙掏出手机，不停拍照。我的学生叶夏东更是显得机灵，不时指东指西，又忙着在人群里给我们搭线，以免我们走散。永康市委组织部的胡天忠对杭州也蛮熟悉的，只是我是个没有方向感的人，一个人走在大街上，找不到东西南北，而且对这些路也不熟悉，坐几路车到哪里，对我来说一片茫然。我跟随他们慢慢游玩，只觉得凉风习习，吹得人好舒服；灯光下的西湖朦朦胧胧，来往的游客聊天的聊天，吃东西的吃东西，好不温馨。突然看到一只小狗狗在铁绳边蹭痒，怪有意思的，蒋萍的一句"这只小狗真聪明"，使我们三个人都更加注意观察这只小狗，不一会儿，小狗狗蹭痒完了，又蹦又跳。

步行了三十来分钟，我们掉头往回走了，突然一个小青年的一句笑话逗得我们哈哈大笑，瞧他说的，"这是披着狼皮的羊"，蒋萍又补充了一句："这只羊可够聪明"。突然又想起上午漫步街头的情景，一辆车停在路上，上面写着"没有最好，只有更好"，而蒋萍将字倒过来念，怎么也念不通。车开走了，才恍然大悟，原来是车调了个头，而这一调这不通的句子也理通了。人有时也是这样，一不留神，将一句话讲倒了，变成了一句笑话，生活中也时常发生这样的事。

（写于2006年）

贤惠的邵光妹老师

　　1993年，我到温州龙湾《温州开发报》工作的时候，住在温州龙湾区教育局工作的周鼎如先生家里，邵光妹老师是周鼎如先生的爱人，是位老师，他们有三个儿子。

　　邵老师是位贤妻良母，她一边教书，一边忙家务。那时，她要做饭给年迈的公公婆婆吃，家里的先生和孩子也需要她的帮忙和照顾。邵老师很是勤快，下班后就赶紧洗全家的脏衣服，做家务。那时，邵老师的大儿子在龙湾区府工作，二儿子在区财税局工作，三儿子在读大学，公公婆婆有时也住在邵老师家里。一大家子，其乐融融。

　　那时，我和妈妈一起住在邵老师家中，我下班回去，妈妈就将饭做好了。我们母女俩因离家乡有点远而寄宿在邵老师家里，邵老师一家子对我们很是客气。有时邵老师会和妈妈一起到商场购物，有时一起到外面走走观光。

　　我真感谢妈妈，几十年来无微不至地给予我关怀和帮助，对这份深厚的母爱我惭愧，我无以回报。

在开发报工作的那一年，开头的创业阶段，同事们相处也不错；过了一段时间，内部管理原因，人心不齐，最后我们各走各的路，大家解散回家了。后来我便到了温州，在《温州科技报》工作了，因为鹿城区离龙湾区比较近，这样有时也因工作上的事情也去龙湾，去了一两次龙湾，有一次也到邵老师家里去了。

再后来，回家乡洞头工作，因为那时交通不方便，通讯落后，就与邵老师一家子失去联系了。后经过多方探听，没有结果。最后与龙湾文联主席曹凌云先生联系，才得到邵老师家的电话，于是又开始电话联络。再后来，我将自己出版的书送给邵老师，其实我心里很是惭愧，感觉是滥竽充数的，这么多年过去了，我混得也不是特别好，只能算是这些年文学梦的继续和结晶。再次是2007年夏天，周鼎如老师到洞头办事，见了一面，这是阔别十几年后的第一次相见，真是激动不已。2008年国庆节，我到温州邵老师的大儿子家去拜会邵老师他们一家子。好久不见，能聚在一起真是很难得，只是发现，十几年过去，人们的变化不是特别大，但都人到中年或已退休，升级到奶奶、爷爷辈了。大家也为能再次相聚在一起而显得特别开心。

去年和今年我又拜访了邵老师他们，他们生活得也很不错，精神也很好。有时带带孙子，去外地旅游旅游，天伦之乐和幸福的生活，令人羡慕！

《四甫六媛集》出版感言

拿到《四甫六媛集》一书时，我非常开心，也非常喜欢这本精致的诗词集。

我学习传统诗词已经二十几年了，从最早拜师洞头区诗词楹联学会的老会长郭秀兴先生，和叶芸医生，学习传统诗词创作，到现在算是有些入门了，但要说精，还差得远呢。当时我对诗词的格律和平仄都还是半懂非懂的，是郭秀兴老师把诗词的格式写在笔记本上，我回家去反复看、反复研究才掌握的。当时还不知道平水韵、词林正韵，是叶芸医生教我用新韵进行传统诗词创作，因为我们都读过书，都会说普通话。而且查《新华字典》对我们来说是小菜一碟。所以在我早些年创作的作品中，基本上是用新声新韵进行传统诗词创作的。

就这样，在用新韵创作诗词过程中，我逐步掌握了诗词格律、格式，熟悉了一些词牌名。后来加入了中华诗词学会，成了洞头区诗词楹联学会副会长，去开了会议，去采了风，去跟优秀诗家交流了，才知道自己真是孤陋寡闻。所以才有后来的拜师吴亚卿先生和刘妙顺先生学习传统国学的事情，无非就是想提高自己诗词楹联的创作水平，当然也对几位大家的人品艺术很是敬仰。所以才更加认真对待诗词楹联的创作学习。

刘妙顺老师是温州诗坛的泰斗，他会告诉我看什么诗词书，什么捷径的东西不能操作，要会自己思考，自己用词，要注意哪些事情。他是诗词界高手，会替我修改诗词。

陈文林老师是我微信好友，我偶尔也会拜托他修改诗词，他也是这方面的行家里手。

我曾经在中华慈善诗会、中国辞赋院等学习过较长时间的传统文化创作。但自从拜师吴亚卿先生，有了吴门子弟等一班师兄师姐的相互督促、相互提携，我的传统诗词创作在质和量上突飞猛进。《四甫六媛集》是我传统诗词的第一次大集合，也是第一次发表数量最多的作品集子，我很是珍惜。在此要感谢恩师吴亚卿先生和各位师兄师姐们，同时也祝贺该诗集的顺利出版。

在新的一年，我会更加努力创作诗词楹联，用诗词楹联来讴歌发生在我们身旁的真善美。

我的写作之缘

我在读初中和高中时，我的哥哥们都在看流行小说、古典名著及世界名著。我的大哥在中学当老师，订有《小说选刊》《大众电影》等，我有空就去大哥那里借杂志来看；我的二哥工作之余借来流行小说、武打小说阅读，我空闲的时候也去拿来看；我三哥在工作之余也买来世界名著阅读，试着写一些东西；我近水楼台先得月，也拿来读读……

我在读初中时开始写第一首诗歌，还被同学传着抄。我从读小学开始，作文就写得比较好，被当作范文朗读和抄在黑板报上做范文示范，我是在高中毕业后才开始写作的。

那时，我高考落榜，就写些忧伤的文字，还向《温州日报》投稿。后来在洞头中学代课，才开始在《精短小说报》刊授，跟随吉林省文联副主席王玎写精短小说，写了一年左右。我到浙江大学读书，不久第一篇小小说获奖，这给了我很大的鼓舞，从此确定了我的写作之路。

在读大学期间，我写了较多的文学作品，担任了温州师范学院校广播电台的副主编，班刊的编委。在那两年期间，我投稿、比赛非常积极、投入，到大专毕业，我已在全国文学大奖赛中三次获奖，初步奠定了我的写作基础。

大学毕业后，曾经在广播电台、报社当采编，工作了四五年，写文章也多了，笔力渐锋，从此写作成了我的一种习惯和爱好。到了互联网时代，写作已是大多数人都会干的行业，微博、博客、微信等兴旺发达，写作的黄金时代也是"忽如一夜春风来，千树万树梨花开"，突然暴富发达起来了，特别是网络作家的兴起，这种稿费和版权收入是按千万算计的作者绝不是少数。传统作家的纯文学创作的盛景也一去不返了，随着各种娱乐、消遣的兴起，严肃作家的纯文学市场逐渐被边缘化，而一些快餐文化，如穿越小说、玄幻小说、武打小说、二次元小说、仙侠小说等文学作品纷纷登场亮相，更加淡化了传统作家创作的作品；同时也由于写作的这块蛋糕有限，也使写作慢慢失去原先有的吸引力和高光的诱惑。

写作已经沦为人人会写的一种行业，既不神秘也不高端，更多的是一种业余爱好。既养活不了那么多人，也不再光芒四射，要想流芳百世那更是难上加难。

西湖夜景

　　第二次逛夜西湖，同学四个，两男两女，一路步行至西湖，已是人群一团团、一簇簇，趁着热闹，我们也加入游客的行列。苏勇说，如今西湖的水不再清澈，西湖的水质变得浑浊不清，突然对面的那座山烟花四射，一团团烟花锦簇，红的、紫的、黄的，五颜六色，煞是好看。那天夜晚正是在钱塘江边点放烟花，据说围观的观众众多，因为离钱塘江远，我们就不想去凑热闹，远远注视，也自有一番美的滋味。

　　邵瑞问有没有音乐喷泉，我说前次来的时候是有的。于是四个人又去看音乐喷泉。只见两排椅子上整齐地坐着男女老少，友海问看音乐喷泉是否也要排队，一老者说不用。过了不久听见广播喇叭说音乐喷泉开始了。随着旋律，喷泉时高时低，各种形态交互变化着，在《梁祝》那低沉、婉转的音乐声伴奏下，喷泉像个小精灵，仿佛听懂，若有所思，一会儿低头沉思，一会儿缠绵极致，跟着节拍，表演到位。那可是水，地地道道的水，那么聪明，那么灵巧，比没有音乐细胞的人还聪明伶俐。接下去是宋祖英的《爱我中华》，那高扬的节奏，喷泉的情绪也高涨起来，向上、向上，喷泉也节奏高扬地向上，人们很快聚集在喷泉边留影，那个镜头很美、很美。

第一次观看音乐喷泉，真是一种美的享受，西湖的夜色真的好美、好美。

（写于2006年）

校长大哥

小时候常常跟随哥哥们出去玩耍，是哥哥们的跟屁虫。

今天我要聊一聊大哥，我受过大哥的许多帮助，包括我人生的许多重大选择。写大哥一直是我多年的心愿，前些年写写停停，一直没有完整地写好一整篇，这次借出书机会，一定要写一篇有关大哥的事情。

大哥的好多事情我记不大清楚，就挑几个小故事，写写大哥对我的关爱和帮助。

我1986年高中毕业，因为考大学名落孙山，就去温州高复班复习。那时是我大哥替我报的名，那时的温州离洞头远，隔海隔水，我们一帮读高复的学友租在华盖山一幢房子里，只是拼命地读书复习。我那时也是傻乎乎的，全不知天高地厚，也不知道家里人，父母、兄弟为我操了多少心，付了多少血汗钱。最后，总是梦醒了，努力了，但天不遂愿，还是白忙了一阵子，辜负了全家的希望。

后来，有一个机会，就是去大哥教书的学校当代课老师。

那时，洞头中学要招聘多名代课老师，大哥告诉我这一消息，我就跃跃欲试，一定要参加考试。我在家里认真看教科书，到了考试那天，发挥得不错，在众多应聘者中脱颖而出，总算考中了。

也许，从这开始，我就有了当一名老师的愿望，然后，有一个机会来临，就是去浙江大学自费读成人大专。我高兴得不得了，总算有书可读，有希望捧铁饭碗了。就这样在温州师范学院读了一年半的书，在杭州浙江大学读了半年的书，我就大学毕业了。

在念书的两年时间里，我时常写作，文章在全国文学大赛中获奖，也参加世界文学大赛，那时比赛的评审费要作者自己出，都是大哥替我垫付的。当我第一次拿到全国文学获奖证书，自以为是文曲星，其实在现在看来，实在是没有什么稀奇，但在那个年代，1989年左右，是让我实实在在地看到了希望。

大哥对我写文章这事是非常认真的，他告诉我，要保存留住自己所写的文章，待以后出版成书用。就是哥哥这几句关键的话，使我在文学创作的广阔天地间少走了许多弯路，也比别人走得更快些。现在我有幸成为一名作家，要感谢大哥当年的付出和专业性的指引。人生路上，有一个为你引路的人太重要了，大哥就是我人生路上一个非常关键的领路人。

记得我在读大学期间，高等数学基础不好和种种原因，学得不好，考试没有通过，要补考。那时温州师范学院的数学老师，教我们班高等数学的邵邦钱教授时常给我开小灶，时常给我补课。记得有一次，天下大雨，我以为邵邦钱老师不会来给

我补课，不料一会儿工夫，邵老师还是赶到教室给我补课，这情景使我终生难忘。那时浙江大学和温州师范学院的教我们班级的教授真正是做到诲人不倦，特别是浙江大学的教授，几乎是每个晚上都在给我们讲授最新前沿的知识，要我们珍惜这来之不易的学习机会。

我每次寒暑假回家，大哥就给我补课，特别是微积分和导数，经大哥一讲，就明白了很多。回学校考试，立马通过了。

大哥是一个以身作则、勤俭节约、勤奋工作、踏实努力的人。他为人诚实、艰苦朴素，参加工作后，每天都是兢兢业业、忙里忙外的。

大哥是个很负责任的人，对家里人也是关爱有加。那年我在温州龙湾《温州开发报》工作，哥从洞头老远的地方赶过来看我，坐车，下车。就在急匆匆下车的时候，身旁有个好心人告诉大哥，有小偷把哥的钱偷走了，哥回头摸一摸口袋，发现钱果真被人偷走了……然后有好心人指了指那个小偷，哥拼命跑过去要追回钱，结果小偷发现不妙，撒腿就跑，哥奋力去追小偷，终于将小偷抓住了，小偷也把钱还给了大哥……

还有一件事情，足以说明大哥是顶天立地的男子汉。

就是在洞头（海岛）跟温州陆路相连通车时，我们学校的男同志自驾摩托车从洞头沿途开到温州去，听说带头的就是大哥。这是怎样的一支队伍，当初刚通车时，道路还是坑坑洼洼不平坦得很，而我们单位的男同志就是天不怕地不怕，他们一直开着半新半旧的摩托车兴高采烈、意气奋风地到了温州目的地（当时我们单位还没有人买私家车）。

大哥是一位优秀的人民教师。他上的数学课深入浅出、通俗易懂，他曾经是洞头区第一中学的教务处主任，后来才到洞头区职教中心、洞头广播电视大学当校长的。他获得过许多荣誉，被授予全国优秀教师称号等，当选为温州市政协委员、温州市人大代表、洞头区人大常委会委员等职务。

记得当初，洞头只有广播电视大学一所高等学府，其最高教育学历是大专，是以大哥为首的学校领导千方百计将浙江大学远程本科引进洞头广播电视大学的，它让洞头的莘莘学子圆了大学梦，让洞头的许多年轻人受益匪浅。因为对大哥的了解有限，今天我只写这些，希望将来能告诉读者有关我大哥的更多事情。

阳光女性幸福人生

人生是一场修行。在前行的路上，很多人都会被烦恼、迷茫、痛苦、惶恐、无助、失落、浮躁所缠绕，他们也许会迷失了自我、失去了斗志，而无奈地随波逐流，那么如何做才能赢得机遇和命运的改变，从而让生命焕发出夺目的光彩？宋洁等编著的《人生三修》，中国华侨出版社出版的一本儒学读物就告诉了你答案。看了它，你就会被它深厚的传统文化和智慧所深深吸引和感染；如"人生如水，游刃有余"这节讲到，"上善若水，厚德载物"，是说人如要效法自然之道的无私善行，便要做到如水一般，保持至柔之中的至刚、至净、能容、能大的胸襟和气度；观水可以学做人。又如以"天下之至柔，驰骋天下之至坚"，灵活处世，不拘泥于形式，润泽万物，有容乃大，通达而广济天下，奉献而不图回报。一切作为，应如行云流水，义所当为，理所应为，生机无限……

我们总觉得，当今财富越来越多，而发现快乐却越来越少；食物越来越丰富，但总少了些小时候的甘甜味道；道路越来越宽，但我们的视野却越来越狭窄了……生活条件越来越好，为什么我们感受不到幸福，到底问题出在哪里？从某种角度上说，是不是我们心态也出了问题？

如何做幸福达人，如何拥有阳光心态是我们每个人都需要关注的问题。特别是知识女性，拥有一个阳光心态，是我们成就幸福人生，把握自己，发展自己的一个关键元素，也是家庭和谐、社会稳定的一个不可或缺的指数。

阳光女性，幸福中国。阳光女性表述为身体健康，有一定的文化修养，谈吐高雅、文明、有素质，有一定经济基础，品质高贵，这样的女性是国家、民族、社会、家庭的需要，也是富有魅力的人，而幸福中国更是缺少不了这样的女性。

拥有阳光般的心情，保持一颗平常心，做到仁爱、平静、理智、乐观、豁达，不以物喜，不以己悲，想得开，想得宽，想得远，对名利得失之类保持超然物外的态度；一切顺其自然，处之泰然，把人生的风风雨雨、飞短流长统统置之脑后，对那些不愉快的事情，要拨开迷雾，化忧为喜。常怀一颗好心情的心，不浮躁，不随波逐流，做到这一点，生命的每一天都会充满阳光，生活也一定会充满鸟语花香。

修身养性，能让我们的心态阳光；修身养性，我们的人生会获得幸福。自古以来，世间便有"以道治身、以儒治世、以佛治心"的说法。道家机敏，做人的学问，不是追求阴谋诡计，也不是一味圆滑世故，而是一种智慧和谋略；它可以防止别人伤害自己，同时也能增强自己的竞争力，广交人脉，左右逢源，事事畅通无阻；事业顺利兴旺，人也圆融通达，这样的人自然而然会成为社会的精英，获得了人生境界的顺畅，幸福

也就离你近了。阳光的心态能使你在人际关系中如鱼得水，在人生道路上左右逢源……

只要视世间万难为无物，不怨天尤人，豁达而坚强，远离仇恨，避免灾难，人生又有什么值得遗憾的呢？人间又有什么不值得呢？

拥有阳光心态的人，对尚未到来的事情不会表现出忐忑不安，而会心存希冀地看待未来，因为她们深深懂得希望是不幸之人的第二灵魂。即使不幸降临，她们依然独立坚强，悦纳自己，造福自己，内心充满力量，找准机遇释放能量，最终战胜苦难。

一个懂得体悟幸福、心态阳光的人，也会感染别人，会时时使人感到春风处处，行云流水，妙不可言。一个充满阳光的女性，她会心无旁骛，把工作干得条理清晰，她没有虚荣心和攀比心，而是用自己最大的能量，把自己上升到最大的平台，发挥自己的长处，成就自己的人生。

当你拥有阳光心态，你也拥有幸福；当你拥有阳光心态，你也拥有快乐，因为快乐是能感染人的；当你乐观，生活也会对你微笑；当你勇敢，生活的苦难也会化为乌有。

阳光女性，幸福中国，让我们踩着音乐的线谱，载着梦想，奔向远方。当掌声响起，我们因为成功而豪迈；当鲜花怒放，我们因为付出而骄傲；我们不索取，我们自立、自尊、自强，我们是新一代的知识女性，我们阳光，我们幸福。

阳光女性，幸福中国，在实现中国梦的伟大蓝图中，我们要修身养性，精技湛业，拥有美丽的心灵及美好的情趣，为中国梦的实现而奋发有为。

（写于2014年，修改于2022年5月）

爷爷与奶奶

爷爷我是没见过面的，但我见过爷爷的兄弟四公公，以及他和四婆婆相濡以沫一生。

在父亲很小的时候，爷爷和兄弟们、族人一起出海捕鱼，因风暴葬身海底。那时候奶奶已是四个孩子的妈妈了，奶奶是大户人家出身的，爷爷的家境比奶奶家差，但奶奶是能干聪明、教子有方的。所以在我父亲的兄弟们长大成人后，奶奶的家庭是殷实和富足的，大伯做生意、自家有田耕种，三叔有资格去读书……

年轻时的奶奶长是什么么样我不知道，她是大户人家的闺女，是聪明伶俐的那种，深受祖父的宠爱。我所知道的奶奶是叫我们搬土，讲故事给我们听，带我们一起外出玩耍的奶奶。

奶奶脚很小，所以走路很慢，我很小的时候时常跟着她到伯父家玩，然后在伯父家的土坑上做针线活，我帮奶奶穿针，奶奶会缝补衣服、绣花等。针线活做好了，我们会坐在伯父家门口的矮土墙边晒太阳。这个时候奶奶就会讲故事给我们听，

《梁山伯和祝英台》《白蛇传》《马兰花》等脍炙人口的故事，听得我们十分入迷，也很让我们流连忘返。奶奶讲会儿故事就独自去山上找草药，她采的草药是专为人治病的，有贫困人家从老远的地方找奶奶看病，奶奶从不拒绝，总是免费替病人采偏方。奶奶会算卦，算的卦很准，所以有邻居要结婚生子的都来问奶奶。奶奶会抓草药，会帮人治病，主要是帮人看眼病，手脚脱臼、刮痧等的小病，她都会免费地替人治疗。

那时候，爸爸妈妈都去忙自己的工作去了。奶奶一大早就带我们一起玩耍。那时我们老家门口栽有一大丛野玫瑰，漂亮极了，逗得我们要用小手摘它，奶奶这时就会教我们唱一首儿歌：早上摘花花高兴，下午摘花花受气，晚上摘花花会死。一回、两回，我们就背得滚瓜烂熟了。她会自编儿歌，特别是冬天给我们用热水洗脸时会念道："洗脚洗第一，洗脸洗第七。"意思是说最先洗脚，第七道程序才洗脸，因为用洞头话念，有押韵，很好听。

到了秋天，作物成熟的季节，奶奶就教会我们剥大豆，到端午节的时候就叫我们炒大豆。

到了休闲的时光，奶奶就教会我们唱洞头民谣《雷公阵阵陈》《天黑黑要下雨》《摇呀摇，洞沙过洞桥》等洞头民谣和传说。可惜那时我还太小，识字不多，不然记下来定是绝好的民歌民谣资料了。

冬天到了，天气冷的时候，奶奶就会烧烤小火炉，让我们取暖。

那时候，我家养了一大群鸡、鸭，鸡屎、鸭屎很多，气味很臭很难闻，奶奶就叫我们到野外搬大块的干泥土来碾碎，盖在鸡屎、鸭屎上，然后教我们如何拿扫把，如何打扫卫生。

小时候，如果奶奶到我家吃饭，我最值得炫耀的事就是做家务，帮妈妈洗碗，围上小围巾，爬上凳子，将碗洗得干干净净。奶奶夸我能干，我就高兴得不得了。

记忆中，奶奶七八十岁的时候，开始学念佛经，她记忆力特别好，看几遍就记住了。奶奶做活很讲究，干净、利索、老到又仔细，办事有始有终，有章有据。

记忆中的奶奶是一位很有本事、很有威望的长者。

奶奶是个很能干的女强人，这是我们这里老一辈人对奶奶的印象，但我因年龄太小对奶奶了解不多，真是个憾事。

（写于2004年，修改于2022年11月）

文学与人生

　　在教育战线工作转眼三十几个年头了，在我教学生涯中，教得最多最长的功课是文学社团的作文课。什么是文学？还是回忆一下，在我十几岁高中毕业当老师的那年，拜师吉林省文联副主席王玎，学习小说创作时，他语重心长地告诉我"……文学是人学，不能放弃她"。到现在我也成了文学社团的指导老师，教学生文学课，在第一节课上也是苦口婆心地说，文学是人学，有可能她没有用处，但可能也是一处避风息凉的地方，在你落魄、穷愁寂寞的时候，可以带给我们一丝安慰和寄托，她的本质是诗，她是关乎心灵和情感的艺术，是一门美学。现在有好大部分人不爱好文学，甚至有一部分人鄙视或仇视文学，一般人嫌文学无用，但也有人为文艺而文艺，认为文学的妙处正在它的无用。总之老师认为，写一手好文章，可以为以后有个好工作、好前途攒点分，也可以提高个人的文学修养。

　　当然，我们文学社的成员们也不见得个个是文学修养好的同学，但他们都是有一颗热爱文学的心，这就足够了。我们文学社团的课是为他们将来也许从事文学事业打基础的，所以更多的是培养他们对文学的兴趣，更多的是教他们写作基础知识、方法和阅读方法与搜索资料，同时也鼓励他们进行创作。

像17级的倪依伦同学，他现在早已是一名大学生了，他当初是我们文学社团的社长，文章写得不错，特别是诗歌创作，数量比较多，质量也不错，文章在校级、市级有获奖和发表。其实像林依伦同学这样有才华、有文学修养的同学也时常涌现，他们分别在教育部征文比赛中获得二等奖二次，三等奖二次，优秀奖若干次。获全国青少年文学大赛一、二、三等奖二十余次等奖项。

学校文学社被授予全国青少年冰心文学大赛文学摇篮奖，涌现出叶夏东、叶小龙、陈建富、林微、郭婷婷等文学拔尖的同学，本人也多次获得全国优秀辅导教师等荣誉称号。学校文学社团被评为洞头区教育局精品社团。

文学创作贵在坚持，我常常跟同学们说，虽然现在他们写的文章还不够长、不够生动、不够优美，但要持之以恒，要多写、多读、多看、多记，只有这样，他们以后才有可能成为一名作家。要勤奋、认真创作和阅读名家作品，要会观察生活，要深入到人民群众当中去，去接触他们，了解他们，只有这样才能写出优秀的文学作品。

教师是什么？是学生的引路人，是教会学生学会做人，教会学生学习知识、分析问题的人。教师的伟大在于奉献，"捧着一颗心来，不带半根草去"，"学高为师，身正为范"。我们每天教育学生要知书达理，学以致用。我们老师就应该拥有渊博的知识，要有大学问，要像百科全书那样，博学多才；要博大精深，

又要多能一专。正是有这样的前沿思考，近几年我陆续在进行学历提升，先后完成了第二本科学历，福建师范大学汉语言文学专业，并获得学士学位；现在是江西农业大学硕士研究生在读，第三本科学历，福建师范大学心理学在读。近三年，每年出版一部书籍，加入了农业部主管的中国农学会、中国文联主管的中国楹联学会、温州市文联主管的温州市文艺评论家协会、温州市社科联主管的温州市山水诗研究会；而我自己在早些年就加入了中国女科技工作者协会、中国科普作家协会、浙江省作家协会、浙江省网络作家协会等。正是因为拥有宽广的知识基础，才使我写文章得心应手，使我在讲台上能够随机应变、游刃有余。

今后，我很希望自己能够进一步深造，使自己能够成为一名出色的老师，一名优秀的作家。很多时候，我都在向名人、名家学习，学习他们吃苦耐劳、笔耕不辍的精神。像我的老师郭曰方，已经年逾八十，但每天还坚持创作，他出版、编辑了一百多册的书，成为中国科普文艺界的一名大家。还有八十多岁的温州诗词界的著名诗人刘妙顺老师，也是每天坚持创作，我看他的微信，每天都有新的诗词问世，还诲人不倦，包括对我传统诗词的修改。这些努力向上的人，始终是我们老师的榜样，我有时很庆幸自己能拜这些大家为师，他们给我力量，给我鼓励，更是我前进道路上的推手和引路人。同样，当老师的我们正应该好好地向他们学习，把他们的精神力量转化为自己的精神力量，春风化雨，呵护学生的点滴进步。"师者，所以传道、授业、解惑也。"教师是社会主义精神文明的建设者和传播者，是人类灵魂的工程师，是学生成长成材的引路人，所以我们更应该拥有宽厚的知识及崇高向上的精神境界。

养狗记

　　小时候，家里经常养狗，这些小狗日渐长大，与主人感情日深。记得有一年，我家的狗已经长成很懂事、很乖巧的样子了，大年三十人们放鞭炮，狗怕起来便跑到山上的山洞躲起来，等鞭炮放过后才回家。那时，经常有人到主人家那里买狗，不知何时，我家的狗被相中了，就有人出价钱来买狗，家里的大人同意将狗卖掉，狗便被套上绳子带走了。傍晚，孩子们相继回家，问起狗到哪里去了，大人说，卖掉了，兄弟中竟有人难过得不吃晚饭，狗与人感情深着呢。大伙正在闷闷不乐，忽然，门外有狗的声音，里面的人纳闷，怎么还有狗的声音呢，狗不是卖掉了吗？正在迟疑，妈打开门，忽然狗跑进来了，是自己家的狗。大家又高兴起来了，狗见了主人摇尾巴，又蹦又跳，我们兄妹都异口同声地说明天将钱退还，再也不要将狗卖掉。第二天早上，买狗的人到了我家，说因为没看好狗，让狗跑了，问狗是否回家了。妈急忙说狗是跑回家了，我们将钱退了，狗不再卖了。狗看见那些人，拼命地躲起来，第

三天才回家。狗是可爱忠诚的动物，我们养它就不要虐待它、丢弃它。爱护它吧，它就是我们家中的一员。

狗跟人是真挚的朋友。

这是写于十几年前的一段话了，现在想想养狗还有许多妙处。有一次，我刚买来了照相机不久，哥哥家里的狗狗生了五个狗宝宝，超萌、超可爱的，我就拍了好多照片，也去参加摄影比赛，竟然获了一个小奖，后来发在摄影网上，获得许多好评。近几年，社会上流行养小狗狗，用以消遣，陪伴老人、小孩。也有导盲犬，用于帮助盲人。更有许多工作犬，大多体形较大，经过训练后，可以帮助人类完成一些工作。它们忠于职守，机警聪明。有优秀的判断力和自制力。对人类贡献最大的一类犬是常在军中服役的。工作犬分为牧羊犬、斗牛犬、救护犬、赛跑犬、拉车犬、警犬……

可见，狗狗的作用也是五花八门的，但也有流浪的狗狗，它们很可怜，往往食不果腹。对保护动物的组织来说，救养动物，善待动物，就是一件任重道远的工作了。但愿我们人类能善待它们。

（写于2006年，修改于2019年）

亦师亦友张永坝

我与张永坝老师亦师亦友，我们认识已有30余年了。

我们初次见面是20世纪90年代初，那时我在《温州科技报》报社工作。那一天，温州市教育局张永坝老师到报社送稿子。他是拿文章在我们《温州科技报》发表的。他写的文章非常好，一直是省市多家电台、电视台和纸媒的优秀（积极）通讯员。30余年来，他连续被评为《温州日报》"最佳通讯员""十佳通讯员"和"通讯员特别奖"（连续20年获奖）。

张老师于1967年杭州大学毕业后，先后在温州市永强中学、温州市第七中学执教近20年。1986年春，他调到温州市教育委员会（温州市教育局）办公室工作，直至退休。他热爱写作，利用业余时间，数十年如一日，潜心于随笔、散文、科普、文史、民俗等各类小品的写作，先后在国内海外230余家报刊上总计发表了600余万字，我经常在《温州日报》《温州晚报》副刊上看到他的文章。他的处女作《残酷的文字狱》发表在1979年2月3日《工人日报》副刊"文化宫"上。他发表

的文章分别收录在《松台散记》《鼓楼杂俎》《温州风情》《籀园晚谭》等书里，每本都有40余万字。

张老师的第一本书是《雁荡风物》，于2010年由浙江大学出版社出版，原中共浙江省委常委、秘书长、浙江大学党委书记张曦题写书名，时任温州市市长赵一德先生作序。书里的文章生动地展示了雁荡山奇特的自然景观、悠久的历史文化底蕴、多姿多彩的民俗文化以及富饶有趣的名优土特产等。有专家赞为"雁荡山的百科全书"。张老师至今出版印行发表了9本书，除4本作品集外，还有专著《生肖物语》《报隙求疵》和电子书《乐清风土》《鹿城风韵》等。目前在编《华夏风俗》《水心漫笔》《屐迹萍踪》《温州教育纪事》等。

2002年4月，张老师退休后，市教育局返聘他担任《温州教育》常务副总编、主编。那时，我也时常寄稿件给他，我的文章果真发表在《温州教育》上，而且还有稿费。有一次，我还叫在温州市第二十一中学工作的同学王云英帮我领取呢。

2006年，张老师婉辞了很多单位的高薪聘请，再次被市教育局返聘为温州教育史馆筹建委员会委员、副主编兼办公室主任，继续发挥余热，执笔撰写了11稿《温州教育史馆布展设计方案》。那段时间他很忙，经常赴温州各县（市、区）搜集教育史料、拍摄资料照片、编写布展方案等。记得2007年的一天，张老师和同事到洞头出差，特地到我们学校来看望我，还为我拍了照，用邮件寄给我。2012年9月，温州教育史馆正式开馆，成为全国首家向公众免费开放的地方教育史馆。张老师直至2015年年底，年届74岁时才第三次退休，开始颐养天年。

张老师退而不休，返聘工作期间，热心公益活动。有一次，我到他办公室去拜访他。他正忙着呢，在编《温州老园丁》。多年来，他尽义务为温州市退离休教育工作者协会编印会刊，双月刊，四开四版，彩色胶印，图文并茂，可美观呐！他的电脑里有一个"百科知识"文件夹，里面搜集保存了大量的文字图片资料。2009年，我撰写研究生毕业论文时，他还帮我搜集了不少资料，然后用电子邮件发给我。

近几年来，我经常和张老师通电话、QQ联系、微信聊天。有一次，我把我写的书寄给他，张老师总是夸奖我，我特高兴。还有一次，我到温州办事，张老师请我吃饭。直到现在，张老师还笔耕不辍，常有文章在纸媒上发表。他是中国民俗学会会员、中国科普作家协会会员、中国农村教育改革研究会会员、浙江省教育学会会员、浙江省科普作家协会会员、浙江省陶行知研究会会员，获得多次奖励。

张老师是我的忘年交、良师益友。现在，他还很时尚，精通电脑和智能手机，会QQ博客，玩微信，发文朋友圈，建微信群，我也是他微信群里面的一个成员，我们还是微信好友。他写的文章很值得我认真学习，在此再次感谢张老师。

（写于2010年10月8日，修改于2022年3月12日）

海岛里的教坛巾帼

　　洞头，这颗位于浙南的东海明珠，以其宏大的气魄，百折不挠、汹涌澎湃的海上壮丽景观，及女民兵"海霞"闻名于全国。一直以来，洞头洋以其博大的胸怀、广阔的海域哺育着一群群善于创新、激流勇进、艰苦奋斗的优秀儿女，他们为洞头的建设、为洞头的振兴谱写了一首首可歌可泣的壮丽诗篇。

　　本文向各位介绍的就是这群优秀儿女中，一位年轻有为，在桃李园中饱含情怀、乐于奉献的女性，她就是洞头县海霞中学的原校长杨艾立。

　　杨艾立，1968年出生在洞头的一个偏僻的小山村，虽然是农家的孩子，却从小聪明伶俐，于是她的父母就让她去上学。是知识改变了她的命运，要不是她勤学苦读到大学，恐怕也和绝大多数的山村女孩一样，默默无闻，生儿育女，成为极普通的农村妇女。但读书却使她成为一名从山窝里飞出来的金凤凰。如今她已经是洞头县北岙镇副镇长、洞头县政协委员、中学一级教师、上海华东师大研究生课程班学员、温州市"巾帼建功标兵"。

（一）

1991年杨艾立从温州师范学院毕业，便远离县城，到偏僻的半屏中学任教。从工作的第一天开始，她便严格要求自己，认真履行一名教师的义务和责任，踏踏实实教书，勤勤恳恳育人。虽在山村角落，难得到县城一次，她却把主要精力投放在教学上；虽只有短短一年的见习期，但她却干得有声有色，颇有成效，深受领导和同事的称赞。第二年，她调到本岛的东屏中学任教，东屏中学是洞头县一所不错的初级中学，这里师资比较雄厚，教学条件、环境还算不错。杨艾立初到东屏中学，就暗暗下决心，一定要虚心向同行们学习，把他们好的教学经验、优秀的管理方法学到家，尽快使自己在教育岗位上成为行家里手，独当一面。于是她一方面抓紧钻研教材，一方面多方收集资料，查阅报刊，不断充实自己的业务。每当夜深她的小房间灯还亮着，灯下她正耐心细致地批改着学生的一篇篇习作。这篇作文语句欠通顺，这篇作文语言表达不到位，这篇作文语言表达显得苍白、乏味、不丰富等，随着批改习作篇数的增加和课堂教学经验的积累，她终于写成了《海岛学生语言表达能力的培养》《谈幻灯片自制教学艺术》《先学后导再练》等论文，在县市获奖并推广，而她的教育教学质量也获得突飞猛进的提高。她所在的班级和学校的教育教学质量在县里名列前茅，1998年被推选为县政协委员，她拟出关于校网调整的提案，为县领导的决策提供服务，也因此在1999年被组织选派到

三盘中学任校长。

（二）

此时的杨艾立已是一名家庭主妇，爱人在本岛上班，孩子又小，而她又在外岛工作，这给她工作、生活造成了许多不便，但她还是工作、家庭两不误。在家里她做一名"孝顺儿媳妇""模范妻子"、漂亮的好妈妈，把一个小家庭整理得井井有条，照顾得温温馨馨；但作为一名学校领导，她把主要的时间和精力都放在管理好学校的方方面面上，尽量了解每一位教师，尽己所能，为他们排忧解难。她的一篇随笔《我也想娶个妻》最能说明心里的矛盾。

自走上学校领导岗位以来，她立足现状，既按教育规律办学，又勇于创新。首先，建章立制，以制度管理人，她起早摸黑，以身作则，抓制度落实。她所在学校的乡，经济、交通、文化设施相对比较落后，当杨艾立知道因父母残疾或家庭没有稳定的经济收入，父母离异而导致有些学生面临辍学和学习困难的情况，于是她走村入户，进行排查摸底。当知道有五分之一的孩子还面临着困境，随时有失学的可能时，她心酸了，连夜起草特困生章程，四处奔波筹措经费，拉结对，募捐赞助。她的赤诚感动了温州二十五中、东方学院、温州育英国际实验学校的师生们，得到他们的大力支持和帮助，建立特困生基金会和奖学金制度。分期分批解决学生的报名费、午餐费、车费等，并鼓励学生都认真学习，争取获得奖学金。此外，她还启动全员德育管理，利用合适的师生比，把学生承包到教师身上，帮教结对，自己也不例外。

作为一名学校的领导，她深知师资队伍建设的重要性。为了充分调动教师的积极性和创造性，她采用"请进来，走出去"的办法。给他们搭建舞台，给他们打擂台，开展校际的合作交流，硬是挤出师资培训费为教师提供培训机会。在她的带领下，学校培养出了一批批能够独当一面的管理人员和教学能手。更为可贵的是，她意识到现代化教学是新老两代教师的显著区别，就奔走呼告讨来电脑等电化教学设备，又请来电脑老师，传授给教师们多媒体等现代化教育手段，并结出丰硕的成果，老师们的论文、课题、教学比赛获奖比比皆是。学校还实行教师聘任制，定期考核，定期公布，能者上、庸者下。

作为一名妇女干部，在妇联领导的重视和关心下，加强家长学校的建设及实施，开展了一系列关于家庭教育相关知识的讲座，举办家校联系会、成功家长介绍会、女性家长会等，促进家庭、社会、学校齐抓共管。她本人更是带头人，投身于当代女性的建设中，参加在妇联与党校联合举办的"女性发展与成长"培训班；在培训过程中抓住为班级服务的机会，锻炼自己，定计划、出旬刊、做编辑、发简讯，抓住向老师、同学学习的机会，做作业、写心得，努力提高自己。

作为学校的领导，她总是乐于为上级部门排忧解难。县、乡等上级单位来校借用人力物力资源，她都会克服师资紧、时间紧等困难，为各级部门分忧解愁，也为师生们提供施展才能的空间。如2000年县成立师生艺术团，被抽调排练的老师的课就由她自己来代上。像这样的例子举不胜举，她全身心投入到工作中去，有人说她不会生活，其实她心里明白，作为一个女

性想要为社会多做贡献，不得不要比别人少许多乐趣与惬意。

杨艾立坚信，"有一个好校长就有一所好学校"。因此她不断提高自身素质，参加校长培训、本科函授、师德培训、"三个代表"等理论知识的学习，以此来鞭策自己。其次，深入课堂，带头上示范课，创造出土洋结合的动画幻灯教学课。探索出了教学模式，教学论文多次编入市县的教学论文集中。

（三）

2001年，洞头县县委县政府提出将三盘中学并入海霞中学，杨艾立便充分预见合并过程出现的许多难题，多次主动邀请县长、教委主任等有关领导来校调研。做出许多方案，提交上级部门研究。一方面，她深调查、广宣传，下渔村、上渔棚，千方百计使家长转变观念，配合行动；另一方面克服教学资源奇缺的困难，筹措经费，狠抓课堂教学质量，硬是把全县设备最差的学校的教学质量提到该校创办以来的最高成绩，为两校合并献上一份厚礼。

2001年7月得到上级领导同意后，她利用暑期时间，全身心投入到合并的前期工作。顶着酷暑，乘着小船，往返三盘中学、海霞中学之间，调查、维修、添置、搬运，克服重重困难，硬是解决了宿舍紧、餐厅小、用水难、校舍缺、电线水管老化等一系列问题，使两校在8月成功合并。

2001年9月她竞争上岗到海霞中学，继续担任校长这一职务。在学校管理中，杨艾立双管齐下，内强素质、外塑形象，立足现状，发挥海霞精神，把海霞中学创建为县有准军事化管理和国防教育的特色学校。海霞中学,原名为北沙中学,1992年更名为海霞中学,原洞头县先锋女子民兵连首任连长汪月霞任名誉校长,1993年时任国防部部长的迟浩田为学校题写校名。为了把"海霞中学应当而且必须把国防教育作为办学特色"的指示,在课堂、集会、就餐、住宿、劳动、实验操作、公益活动,同学之间、师生之间等诸方面都实行准军事化管理,以此培养学生的自治、自理能力和保家卫国思想。开设校本课程,亲自编写校本教材,亲自任教学科进行国防教育渗透,建立教育基地。在她的心血的浇灌下,学生和她一样爱红装更爱武装,身穿迷彩服,佩戴由她亲手设计的旗帜形校徽,勤奋读书,品学兼优,学校俨然是个小军校。2001年由她精心研究的课题《创建开放型的初中国防教育新模式探索》在省立项通过。由此,她获得了2000—2001年度温州市巾帼建功标兵称号。

2002年7月杨艾立被组织调到县教育局担任局长助理工作,但她对教育事业的热爱依旧那样执着,教育给她厚厚的爱,她也回报给社会深深的情。

在局里工作期间,由于她的突出表现,深受领导的肯定。鉴于她工作富有开拓性,是一位难得的妇女干部,2003年4月,杨艾立又被组织提拔到洞头县北岙镇担任副镇长一职。面对未来,她充满信心,充满希望。

(写于2003年)

绚丽夺目的《澳洲彩虹鹦》

　　《澳洲彩虹鹦》是一份很不错的民间文学刊物，它包容世界各地的华人，创造了许多富有传奇色彩的童话，它在南半球华人中间传播着文化、信息、友情、知识，它诞生在南半球最大访问量的门户网站，受到澳洲前第一领导人约翰·霍华德的多次祝贺与鼓舞；有着众多的注册用户，每天发出不少的精品佳作。

　　它是文化的窗口，展示中国的文明、智慧，它被世界众多的图书馆收藏，为发展中澳友谊、民间往来搭起了交流的平台。主编巫朝晖先生有着超前的远见，他将这本小册子经营得美轮美奂。巫朝晖先生以文会友，结识了澳洲政坛的许多要人和中国驻澳大使馆的许多官员，这很符合巫朝晖先生的身份。

　　作为文学刊物，它为许多想发表文章的文学爱好者提供了平台。每次收到《澳洲彩虹鹦》，我都会对为它成长付出金钱、心血的巫主编及各位同仁表示感谢，《澳洲彩虹鹦》有今天，是跟它背后许多人的支持分不开的，愿《澳洲彩虹鹦》更好、更美。

　　　　　　　　　　　　　　　　　　　　　　　（写于2008年）

驿头村采风

　　2010年7月18日，我们九十几名诗词楹联作者乘坐大巴车从温州墨池坊的温州诗词学会会址出发，到温州市鹿城区临江镇的驿头村进行采风活动。炎炎夏日，温州的天气也非常闷热，即便是走在山村。我们在驿头村办公楼听了村负责人对驿头村人文景观的介绍，听温州市诗词楹联学会刘周晰会长讲加蓬国副总理兼外长，第59届联和国大会主席让平先生的一些事情。

　　中餐结束后，我们没有休息，就直接去程氏宗堂，那里陈列着许多程氏祖宗的训言，石碑刻文，及程氏的最初发源地和后代家谱列表等。宗堂的整座房屋显得陈旧，但依然保持着原来古朴的样貌。

　　我们来到了中加友谊馆，这是让平先生的亲属建造的，里面陈列着许多国家领导人会见让平的照片。让平的父亲程志平出身驿头村，1933年程志平只身来到西非加蓬国，经过艰苦奋斗成了当地首富，娶了一酋长的女儿为妻，生了混血儿程让

平。让平毕业于法国巴黎一大学，经济学博士，娶了总统的女儿为妻，后来逐步走上政坛。由于他的正直、睿智，在非洲国家享有很高的声誉。让平先生遵循父辈吩咐，热爱故乡，不忘故土，曾多次回驿头探亲省墓，寻宗祭祖，并为中加友谊做出了很大的贡献。2009年让平亲属在村中央建了一座中加友谊馆，以作纪念。开馆之日，让平先生亲来温州，浙江省委书记赵洪祝、秘书长李强及温州市委书记邵占维、市长赵一德等亲临现场共同进行了隆重的开馆仪式。我们在馆内看了有关让平先生的生平事迹及开馆仪式的录像，真正感叹一个温州人儿子的不平凡人生。

我们又来观看圣旨碑，碑亭不大，有一副对联，是后人写上去的，圣旨碑立于亭内，现基本保留原貌。青石材质，碑体立面上圆下方，正面上部居中有"圣旨"二字，它记载了程韬、程奕兄弟的赈灾义举。

明成化十六年（公元1480年）朝廷"诏下有司、广蓄粮、以备不虞"，大中公之十一世孙，程韬、程奕兄弟积极响应，二人共捐粟1800斛，约计13万斤稻谷，救赈绍兴一带的难民，朝廷得知其尚义之举后，大加赞赏。在明成化十九年（公元1483年）遣温州知府项澄，永嘉县知县孙逊，敕建旌门以表彰其兄程韬，赐碑建亭，以表彰其弟程奕，其敕建之门台已于1958年拆毁，圣旨碑仍保存完好。丙子年，"为光先人之懿德，以为后世之风范"，程氏后人对圣旨亭予以修复保护，成了人们旅游的景点。往后走几步，就是程奕的古墓，墓道之门柱，张阁老（张璁）书写的古迹尚存。

我发现驿头村的溪流特多，水清澈碧绿，而且溪床也比较宽，有妇女在洗衣物，有小孩在水里嬉戏，这种景观我已多年不见。驿头村还是藏在深闺里的大姑娘，要提高她的知名度，宣传是一个重要环节，还要发展旅游项目，这样她的人文景观就能发挥出重要的作用。

（写于2010年）

由买太阳镜想起的

　　那天同事小黄正在淘宝网看聚划算的东西，突然看到太阳镜，挺便宜的，一副三十九元，我说："晓霞，我也买一副。"晓霞说："好，我们各买一副。""有好多种颜色，我们一起来挑挑看。"晓霞说。"好，我们分别买不同的颜色。"我说。就这样我们挑了两副漂亮的眼镜，然后晓霞把它拍了下来。晓霞说过两三天就会到我们学校。

　　小时候看人家戴太阳镜，总很羡慕，其实它比我们平时戴的近视眼镜便宜多了，戴着它既可以显耀，又很美观，又可防晒。

　　今天我到学校，发现太阳镜已经寄到了。打开看，货真价实，总体感觉不错。

　　我戴着太阳镜，叫同事替我拍了一张照片。哎，酷酷的，挺好玩的。

　　我打电话给晓霞，手机正忙，不一会儿，晓霞给我手机发来了短信：在厦门。我急忙发短信给晓霞：太阳镜已到，放在传达室给你。

　　这是N年前写的一段话，现在回头过来看看，在若干年以前，买太阳镜是一件奢侈的事情，而现在太阳镜早已是普通平常的小玩意儿了，一般的人都买得起。可见社会技术的进步一日千里，往往在我们有些时候可望而不可即的情况下，过一段时间，便也伸手可得了。这过程，往往包含着科技的发展、经济的发展、社会的进步……

　　在N年前，我们对互联网也很是渴望和羡慕。那时，在电脑前看电视剧或音乐片，很是流行和高端，有时为了找一个资料，也很乐意加班加点。有一个原因，当时互联网还不普及，在单位可以蹭网，看一看宋祖英演唱的音乐片、刘晓庆饰演的《武则天》及电视剧《美人心计》，在那段岁月，可以说日子过得舒服和安然。大家都在享受互联网带来的变化和美好。在那刚触网的年代，微博、博客等是年轻人的爱好，博友遍天下。文学网站，斑竹，驻站作家，更是层出不穷。我那时也是玩得特别投入，加拿大、澳大利亚等外国中文网站也是大量投稿；在上海的八斗文学网站，更是极其投入地进行投稿，个人文章点击率更是达到上百万人次。那时年轻，有精力、有时间。爱好文学的人基本上玩写作，那时还没有微信，还没有公众号，所以大家都在网上乱涂鸦。好在互联网的发展迅速，使年轻人有网上冲浪的欢乐时光，并能发表自己的见解和主张，话语权很高、很宽，年轻人也是逍遥潇洒了一段时光。

　　所以新事物的出现往往会改变我们的生活，改变我们的观念，改变我们的生活质量，也改变我们的生活方式……

　　现在的微信、视频聊天等，在N年前是可望而不可即的，

现在大家都习以为常。在若干年前，大家都认为是高不可攀的事情，在N年后，却是"飞入寻常百姓家"，时间改变了一切，科技发展一日千里。

游海盐

　　同学、老师一行十几个人，驾着车从杭州一直开往嘉兴。一路上，带队的车开在最前面，后面的车尾随而至，我是坐在第四辆车上，开车的是永康市委组织部的胡天忠，他带着妻女，一家三口加上我四个人一辆车，只有他是业余司机，其他的四辆车的司机都是专业司机。所以我们的车开得慢，而且路况不熟悉，开到半路有个分岔路口，要往哪边开，搞不清楚。第五辆车超过我们，在我们前面引路，我们的车总算没有掉队。开车最厉害的要算班主任王专好老师，别看她五六十岁的人，而且驾龄只有一年半，开的车快、稳，是教师车上的司机。沿途的风光旖旎迷人，但我们也来不及细看，一路上思惦着在海盐等待我们的同学，不久总算到达了目的地——海盐。

　　我是第一次来海盐，沿路过来，看到海盐有许多制衣厂，估计海盐的经济状况一定不错。后来了解到果真是我国百强县，排名三十几位，海盐只有三十几万人口，却拥有秦山核电站这样重要且巨大的工程，每年秦山核电站提供给海盐人民政

府一亿元的税收。海盐有着独特的地理位置，其南北湖与西湖、瘦西湖有着渊源，是一片溶海、山、水于一体的充满野趣、自然的生态绿色的优美的山水风光宝地。

南北湖原来的水来自钱塘江，后来南北湖在上游阻断了钱塘江水的流入，专靠四周山水而形成湖水，水源也由原来的咸水而变成淡水，据说绕南北湖走一圈要花费三个小时的时间。

同学介绍了海盐的情况、名人等，我们再次被这个良渚文化发祥地的人文景观所吸引，我知道的"三毛"之父张乐平，先锋作家余华都是海盐人。

海盐有着悠久的历史和文化底蕴，其海盐腔为我国四大名腔之首。其山珍海味也丰富多彩。在海盐的半天时间里我们游了云岫庵等地，其绿被植物之多，水之清澈令我们赞叹不绝。

海盐，杭州湾的一颗明珠，愿你越来越光彩夺目。

（写于2007年）

游横店影视城小记

那天，在家里跟妈说，要到横店影视城旅游，妈说那里的发大水、泼水很好看。妈几年前去过，还有点记忆，像她这么大的岁数能记住这些点滴细节，实属不易。我只是慕名横店影视城的名气，能有机会走走，不也乐乎？

2010年3月12日中午，我们学校的女教师从洞头县职教中心校门口出发，坐上大客车，一路欢欣，心情愉悦地朝东阳奔驰……经过四五个小时的颠簸，终于来到了横店影视城。

导游说，晚上我们去看山洪暴发和梦幻谷。我们在导游带领下来到了梦幻谷，灯光闪烁，人群簇簇，梦幻谷三个字嵌在墙壁上，在灯光的作用下夺人眼目。同事们做好各种动作，按下快门，留下了美丽的瞬间。我们排队走进了梦幻谷，里面的人工树木与自然树木整齐地排在道路两侧，在灯光照映下，朦朦胧胧，就像在梦境中行走……

导游又说接下来要看《暴雨山洪》，于是我们都早早去占好了位置，因为观看的游客多，我们只能坐在阁楼的后排位子上观

看。随着电、声、光等特技表演的开始，演员的求雨表演惟妙惟肖，雨越下越大，伴随着雷声、闪电和婴儿哭声，山洪倾泻，水满屋顶，但水只在固定的地方泛滥成灾，一会儿表演就结束了。

就在我们感觉艺术效果不错的时刻，我们又被安排去看《梦幻太极》。演出挺热闹的，演员队伍庞大，其中用了许多高科技元素，在夜色下娉娉袅袅，千娇百媚……

第二天，我们便来观看横店影视城的古代建筑，那里有明清古风建筑，有李香君的住所等，"十里秦淮繁华地，六朝胜境不夜天"的江南水乡，其仿古建筑，规模宏大，小巧玲珑。清明上河图景区人来人往，好不热闹，招亲、鬼屋惊险等节目，我们都一一去过了一把瘾。接下来同事们拍照的拍照，留影的留影，买黄酒的买黄酒，也一路忙得不可开交。

我们又来到大智禅寺，观看了那里的佛像和建筑，听导游讲拜佛的点滴入门故事。大智禅寺古朴幽深、香气氤氲、翠枝如黛，环境清雅，不愧是佛国净土。

我们到了香港街和广州街，那里冷冷清清，只有那些建筑告诉你曾经的热闹场面。我们又到了横店影视城的明清故宫，它是按照北京紫禁城一比一的比例修建的，占地1500亩，汇聚了京城宫殿、皇家园林、王府衙门、胡同民宅等四大建筑系列，气势宏伟。在那里，我们学校的女同胞骑着脚踏车，来回游玩，并且摆拍了许多照片，累又痛快着……

旅游的第三天，我们就到了义乌，去小商品城，买东西去了。女同胞们挑选的挑选，团购的团购，个个都挑选到了满意又心仪的小商品，一路上忘记了旅途的疲劳，满载而归。

（写于2010年3月）

阅读点亮人生

　　"书籍使我变成了一个幸福的人，使我的生活变成轻松而舒适的诗，好像新生活的钟声在我的生活中鸣响了。"这是大文豪高尔基说的，而这些话正应验在我生活里、工作中……

　　我的父母都有一点文化，那是旧社会想读书而没有机会去读书而埋没掉的人才。我的父亲是大副，母亲是生产大队的队长，他们淳朴而能干；我有兄长四个，我是最小的妹妹。在那个还没有提倡读书的年代，父母还是起早贪黑地干着农事，挣着工分，含辛茹苦培养我们长大，并让我们五个孩子都有书读，其实我们的父母真希望我们有书读，并且都有一份稳定的工作。可惜的是当初的条件和环境并不是想要读书就有书读的。

　　我在20岁成为中学代课老师后，才真正渴望读书，渴望做学问，当作家的。因早年受大哥叶钢的影响，我很早就爱看《小说选刊》《大众电影》等文学影视类作品。并且不断充电，拜师吉林省文联副主席王玎为师，刊授小说写作，1988年到浙江大学深造，1990年浙江大学大专毕业。读书期间，阅读

了大量的文学作品，笔耕不辍，创作了大量文学作品，并且在全国文学大赛中三次获奖，初步奠定了我的写作基础。

在我真正成长为一名人民教师时，我满腔热情地投入到学习中，先后参加湖北师范学院的秘书专业，武汉速记进修学院的图书馆学专业、新闻专业等学习，参加温州师范学院思想政治教育本科函授学习，中共浙江省委党校政治学理论研究生学习，获研究生学历，同济大学博士研究生课程班学习，获结业证书。2018年参加福建师范大学汉语言文学专业第二本科学历学习，获本科学历，文学学士学位。2021年参加福建师范大学心理学专业第三本科学历学习，同年考取江西农业大学农业管理专业硕士研究生，可喜的是现在我的学业成绩良好。现在我每天都在学习英语、学习古典诗词、学习科普创作等知识，创作有古典诗词楹联作品三百多首。现为中国女科技工作者协会会员、中国农学会会员、中国图书馆学会会员、美国华人图书馆协会会员、中国科普作家协会会员、中华诗词学会会员、中国楹联学会会员、中华孔子学会会员、中国教育学会会员、浙江省作家协会会员、浙江省网络作家协会会员、浙江省儒学学会会员，浙江省辞赋学会会员，浙江清音诗社会员，浙西词社会员，出版著作十一本，文学作品在全国、省、市获奖七十余次。

有书相伴是幸福的，读书人必能做个明白人，善于读书的人，不光停留在一种享受的快乐，他懂得在书中寻找自己的踪迹和位置，无论是艳阳高照，还是凄风苦雨，书，始终是点亮人们心灵的一盏明灯。

古人云："万般皆下品，唯有读书高。"莎士比亚说："书籍是全世界的营养品，生活里没有书籍，就好像大地没有阳光；智慧里没有书籍，就好像鸟儿没有翅膀。"让师生多读书，读好书，书香定会绽放在校园，弥漫在校园的每一个角落。

从事教育工作三十几年，我始终与书相伴，生活里有书，便多了一份宁静，工作中有书，生命会更加富有张力。我喜欢古典文学，喜欢儒家学术，喜欢诗歌小说，也喜欢自己从事的图书馆学专业，拥有"海岛写作猫——叶英儿"，个人微信公众号，拥有一些素质较高的粉丝。

在我担任学校文学社团、记者社团指导师期间，每次上课，都要发一份印有优秀传统文学的文字资料，让同学们诵读和讲解，有时也会穿插讲解古典诗词的名篇佳作。文学社、记者团的同学们写作水平提高得很快，参加教育部、全国青少年冰心文学大赛、市、区等征文比赛屡屡获奖。而且他们都成功地考上了心仪的大学。在我担任校报《百岛职教》编辑期间，更是帮助同学们修改文章，有时修改文章到凌晨两三点钟。在这些工作过程中我也受到有关部门的表彰，先后获得"洞头区最美书房家庭""洞头区先进教育工作者""洞头区图书室先进工作者""洞头区文联先进工作者""洞头区书香教师""洞头区精品社团"等荣誉称号。受到《浙江科协》、温州文联、温州市网络作家协会等媒体杂志的报道表扬。

人们常说，读书是教师专业成长的"保鲜剂，"我们老师应该做好"读书、反思、写作"三件事，丰富自己的文化知识，坚持求真求实，用终身学习和反思来书写我们的精彩人生。

我们要做与时俱进，善于思考，勇于实践的教育工作者。

（2022年6月）

治家的光辉标本

——学习《朱子家训》心得

听了青年国学学者、四川师大特聘教授李里讲座的《朱子家训》感受颇深，也特别受到鼓舞。中华是文明古国，华夏文明源远流长，治家格言、治家策略、治家风范、励志家训、励志家书流传千百年，熠熠生辉……

《朱子家训》又名《朱子治家格言》《朱柏庐治家格言》，是以家庭道德为主的启蒙教材。精辟地阐明了修身治家之道，是一篇家教名著。它的许多内容继承了优秀中国传统文化的特点，比如尊敬师长、勤俭持家、邻里和睦等，这些观点、经验在今天看来仍然有其积极的现实意义。

先简单介绍一下作者的生平事迹吧。作者朱柏庐（1627—1698），原名朱用纯，字致一，自号柏庐，明末清初江苏昆山县人（今昆山市）。著名理学家、教育家。其父朱集璜是明末的学者，清顺治二年（公元1645年）守昆城抵御清军，城破，投河自尽。朱柏庐自幼致力读书，曾考取秀才，志于仕途。清入关明亡遂不再求取功名，居乡教授学生并潜心程朱理学，主张知行并进，躬行实践，一时颇负盛名。康熙曾多次征召，然均为先生所拒绝。曾用精楷手写数十本教材用于教学。康熙间坚辞博学鸿词之荐，后又坚拒地方官举荐的乡饮大宾。与徐枋、杨无咎号称"吴中三高士"。康熙三十七年（公元1698年）染疾，临终前嘱弟子："学问在性命，事业在忠孝。"著有《删补易经蒙引》《四书讲义》《劝言》《耻耕堂诗文集》《愧讷集》和《毋欺录》等。

当我们知道了作者的一些生平事迹后，对作者的肃然敬意会油然而生。他著作的《朱子家训》文字通俗易懂，内容简明丰富、对仗工整、朗朗上口，问世以来，不胫而走，成为家喻户晓、脍炙人口的教子治家的经典家训。其中一些警句，如"一粥一饭，当思来之不易；半丝半缕，恒念物力维艰""子孙虽愚，经书不可不读"等观点、观念，在今天仍然具有深刻的教育指导意义。

《朱子家训》以"修身""齐家"为宗旨，集儒家做人处世方法之大成，思想植根深厚，含义博大精深。《朱子家训》全书共424字，通篇都在劝人要勤俭持家，安分守己。

把中国几千年形成的道德教育思想，用名言、警句的形式表达出来，可以口头传训，也可以写成对联、条幅挂在大门、厅堂和居室，作为治理家庭和教育子女的座右铭。这是古时和当今人们常见的行为。

《朱子家训》自问世以来，流传甚广，很为官宦、士绅和书香门第乐道，被历代士大夫尊为"治家之经"，清至民国年间一度成为儿童蒙学必读课本之一，是儿童蒙学经典著作之一。

现在看来，《朱子家训》更是一部家庭教育，培育子女完

美人格，接受优秀传统文化的读本。在书中，你可以品味到"事师长贵乎礼也，交朋友贵乎信也"的礼节与信义；"宜未雨而绸缪，毋临渴而掘井"的睿智；"凡事当留余地，得意不宜再往"的宽阔心胸……

"勿营华屋，勿谋良田""嫁女择佳婿，毋索重聘；娶媳求淑女，勿计厚奁"，这是对千百年来婚嫁礼俗的告诫。不可否认，欲望给了我们前进的动力，但有时它就像一株生命旺盛的草，只要有适宜的条件，便会恣意地生长。人的欲望有时也是无止境的，大千世界，纷繁复杂，好精彩。于是我们脚步匆忙地穿梭于繁华的市井，为了名与利疯狂地奔走，以致身心疲惫……

或许我们没有想过，或许是没有闲暇想过，要暂停一下脚步，要稍微休憩一下；也许没有多少人能明白，自己究竟在这茫茫世界里苦苦追寻着的是什么，是财富、虚荣，还是美食、美女？他们就这样走着，获取着，得到自认为他们想要或该拥有的东西。然而，这世上没有一个人可以真正拥有所有。即使是秦始皇也会放下万里江山。

我们应该学会知足，俗话说知足常乐。我们应该在喧嚣奔走的人生中，留出一些时间，陪伴为自己操劳了半辈子的双亲，体贴关爱一下所爱的人，问候一下远方的朋友……有时候，幸福就是这些。

"当忍耐三思""处世戒多言，言多必失"。我欣赏这样的话儿，它们是金玉良言，也是生活的真谛。都说"忍一时风平浪静，退一步海阔天空"。"忍"字头上一把刀，倘若不处理好这心与刀的距离，我们便会受到伤害。忍让了，心胸就多一分宽厚，天地便多一分广袤。

《朱子家训》从治家的角度谈了安全、卫生、勤俭、有备、饮食、房田、婚姻、美色、祭祖、读书、教育、财酒、戒性、体恤、谦和、无争、交友、自省、向善、纳税、为官、顺应、安分、积德等诸多方面的问题，其核心就是要让人成为一个光明正大、知书明理、生活严谨、宽容善良、理想崇高的人，这也是中国文人追求了几千年的理想家教。

这也许就是《朱子家训》充满永恒魅力的原因，是其理想价值的所在源泉。

我们始终在谈个人修养，如果大家能真正依此践行，也许就能成为一个有高尚情操的人，成为拥有美满家庭、幸福人生的人。有家才有国，只要家治理好了，国就能国泰长安。

在构建和谐社会的今天，这篇家训文章仍然有着极强的生命力，积极作用和价值连城的珍贵，它就像一颗光彩照人的明珠，绚丽而夺目。

（写于2016年6月5日，修改于2022年8月26日）

捉泥鳅的父亲

编者按：父母是给予我们生命的人，也是我们血缘关系最亲的人，他们抚养我们成长，含辛茹苦，不求回报；他们任劳任怨，艰辛付出，令无数儿女感动。我们要牢记父母的恩情，真正做到有一颗深厚炽烈的赤子之心。

父亲去世快十年了，每每提起父亲，我就想起少年时那些难以忘怀的事。

我家兄妹五人，四个哥哥，我是最小的妹妹，父亲也最喜欢我。小时候，那个年代，我们海岛的劳动人民家家都不富裕，虽然父亲是村里有名的三个"能人"之一，但家里人多，生活仍然只是能够维持。父亲是渔民，是渔船的船长，每次出海捕鱼总是满载而归。休渔期间，父亲总是被运输船请去做大副，而每次回家，父亲总带上运输船长送的礼物，给我们这些小孩和家里的亲人。有一次，父亲开船去汕头，用了不少钱买了一斤粉红色的绒线给我，妈妈非常开心地给我织毛衣。那时的钱是很大的，可以买许多东西。

父亲总不见得空闲，然而一有空闲便去捉泥鳅，泥鳅是一种美味，但在我们家乡，大家一直都是吃咸水鱼，淡水鱼很少吃，吃泥鳅更是很少。但许多去钓鳗鱼的小渔船，却需要用泥鳅作为饵料，而且必须是活的泥鳅。那时，一斤活泥鳅的价格不算很低。父亲与众不同，他有一套抓泥鳅的方法，用一张很细的渔网，做了一个专门抓泥鳅的工具网，用四根质地好的细梗木杆将网张开成底面四边形，顶上将四根木杆用绳扎成一束，除最前面的网壁空着外，其余三个网壁都用网张着。还要做一个用木条钉成的大三角形，中间用一根长的硬杆扎着，可以用手握住，用来追赶泥鳅进网的三角木架子。还要制一个小形的网袋子，网用铁丝将出口张成一个圆圈，用来将捕上大网的泥鳅盛出来。

捉泥鳅开始了，只见父亲迅速将大网放进水中，然后爬上河岸，往大网张口的小道一直走十米左右，下水，将特制的大三角形竹板，用手握住特长的把柄用力往水草多的地方上下窜动，然后在四周水里窜动，一步一步逼近大网。即将靠近，使劲将大网往上拉起来，里面便是蹦蹦跳跳的泥鳅，还有河蟹、黄鳝、小虾等。捕这泥鳅要有技巧，许多人技巧不好，有时空空网也，有时只有几只很小的虾子或很小的鱼。父亲每次出击都有收获，这是项重体力的劳动，因为在水里作业，腰以下的衣服全湿了。也有危险时刻，有一次去一个浅水塘抓泥鳅，头网放进水，拉起来一看，里面竟是一条很长的水蛇，父亲和我们吓了一跳，网拉上后便回家了。

那时，家里还算是寒酸的。父亲捕来的小鱼便是我们餐桌

上绝美的佳肴，泥鳅是用来出售的，换点钱给我们兄妹缴学费，死的泥鳅是用来喂鸡鸭的，黄鳝是送给人家做药的。那时候在我们家乡，黄鳝人们是不吃的，活的小鱼、小虾是送给邻居玩的。

每一次抓泥鳅，我们都累得不得了，用汗流浃背形容一点也不过分。父亲全身湿漉漉的，我提着盛泥鳅的水桶，汗流满面，被太阳晒得十分灼痛，我们的肚子都饿得咕咕叫，走路都没力气。每一次我们都是这样走过来（因为抓泥鳅都在夏天）。

泥鳅抓回家，马上便进行分桶，就是每一桶水里放几斤活泥鳅，过多过密，泥鳅会死掉，每隔一段时间要换一次新鲜的水。

那时的生活就是这样艰苦，吃番薯叶、野葱、野菜是常常的事，但父亲还是让我们兄妹五人读书，这是多么不容易。

父亲在我读大学时去世了，这使我们十分悲痛。父亲活着的时候就没有享受过轻松的生活，他总像牛一样，不断地拉着生活这辆沉重的车前行。贫困、多子，却又奋发向上，催人泪下。

做文化自信的排头兵

　　中华民族五千年悠久历史，中华文化博大精深、源远流长。文化自信，特别是优秀传统文化，我们更是要继承和弘扬；古典诗词、辞赋、散曲、楹联，更是世界独一无二、流光溢彩，更能体现出浓郁的中国味。中国古典诗词的魅力，是那般飘逸灵动，是儒家的坚毅、果敢、进取，是老庄的虚淡、散远、沉静闲适，她富有神韵，繁荣兴盛，所以更需要我们发扬光大。

　　文化兴国运兴，文化强民族强。中国拥有悠久的华夏历史文明，灿烂辉煌的多元文化，更拥有中华优秀的传统美德，所以我们在文化建设方面更要自信自强，但是也不要骄傲自满，裹足不前；我们要砥砺前行，在弘扬传统美德方面更要薪火相传、生生不息、历久弥新。中华民族文化的力量更是源远流长，她已经深深熔铸在中华民族的生命力、创造力和凝聚力之中。

　　中华文明虽历经沧桑，却绵延不绝，中华大地人才辈出，

中华文化对人类的进步和世界文化的发展产生了深远的影响。在新时期，中华传统美德的内容和形式不断丰富和发展，"江山就是人民，人民就是江山""坚持人民至上理论"等经典语句，赋予了中华传统美德的新内涵。我们炎黄子孙应引以为豪，"只有民族的，才是世界的"，我们青少年更要以实际行动，为中华民族的伟大复兴增光添彩。我们一定要砥砺奋进，做好文化自信的排头兵，努力提高文化软实力，为文化自信之灯保驾护航。

种豆芽师傅（故事纯属虚构）

　　种豆芽师傅是个戴眼镜的人，先前在私塾学校念书，那时他的父亲是个地主，所以豆芽师傅算得上是少爷了。新中国成立后，他父亲被劳改，少爷也自力更生，独自创业去了。他种过地，当过渔民，人们都说他不像农民，也不像渔民，因为他戴着一副眼镜，于是他改行做起卖豆芽生意。他娶了一个老实的老婆，育有两男两女，于是他挑选了一个非常安静的地段，盖了两间平台，挖了一口水井，开始种豆芽实验了。那些年，卖豆芽的人很少，会种豆芽的人更少了。他钻研书本后，自己摸索，终于豆芽出笼了，胖胖的、矮矮的、雪白雪白的，豆芽师傅激动极了，将豆芽送一袋给东家，送一袋给西家，然后发动全家用板车将豆芽推到集市上去卖。一年又一年，风雨无阻，豆芽师傅将种豆芽和卖豆芽当成一种谋生手段，他日积月累，终于有了较多的积蓄，他盖起了四层楼的房间四间，将家园搞成别墅式，富丽堂皇，而他的儿女也断断续续地考上了大学。豆芽师傅的名声大振，他种的豆芽成了当地的名牌货，而

他的花园别墅成了小村庄富裕起来的象征；电视台、报社争先来拍照、采访，后来一家幼儿园就租借在他家的别墅里，他成了村里的致富能手。

豆芽师傅中年到老年都过得很知足，他的一个儿子大学毕业后搞起了一个豆芽公司，专门供应食堂、饭店，而豆芽师傅只是当当顾问而已。他儿子的产业不断壮大，搞房地产，开连锁店，买来了轿车，娶来了城市的美丽模特，豆芽师傅自豪了很久。后来，豆芽师傅得了一种怪病，久治不愈，就去世了。儿女很悲痛，村里的村长和书记都觉得是个很大的损失，他们再也找不出致富的典型例子了。而豆芽师傅的儿子，是个有文化的人，他根本不吃这一套典型的榜样，他是个会摄影、会书法、会写书的企业家，跟村民根本搭不上边界。但他怀念父亲创下的一份基业，始终钦佩自己的父亲，在那个那么艰苦的年代将子女都培育成才，而且还创下了一份不薄的家业。

命案是非紧关夜明珠（故事纯属虚构）

张同与陈九是两个陌路相逢的朋友。张同要上京城考状元，陈九要到扬州做生意，萍水相逢，两人意气相投，话题多多，说不完的友情，道不完的人生理想，就这样，一路过山过水，两人成莫逆之交。恰巧寒冬腊月，陈九感染伤寒，张同硬要陪好朋友一起回家。恰巧路途遇暴雪而发生路阻，而且回家要过千山万水，陈九劝张同一个赴京赶考算了，反正自己是一个快要死掉的人，但张同情深义重，租了一个房子，没日没夜照料朋友陈九。陈九知道自己快不行了，就拿出身边的夜明珠送给张同："我快死了，你对我恩重如山，我没有什么报答你，就将这夜明珠送给你。"张同说："陈九兄，我们既然兄弟一场，我有义务照料你，你安心养病吧，我不会将夜明珠收下的，等你病好后去做生意，那需要本钱。"没过三天陈九死了，张同悲痛之极，只好将陈九埋葬，而那颗无价之宝的夜明珠也随同陈九一起埋入坟墓。

当然张同金榜题名，考上状元，当了一个官。而这事件过

去也好几年了。

有一天，张同突然接到上级的命令，说有一个人要控告张同的谋杀罪。原来是陈九的后代，发现陈九失踪多年，而且无价之宝夜明珠失踪，怀疑同路行走的张同有谋财害命之嫌。

案件调查开始，张同说了几年前赴京赶考的事，讲了陈九感染伤寒，自己百般照料，陈九要送夜明珠，自己拒绝的事，陈九后代听了将信将疑。张同说："走吧，那坟墓是我亲手埋葬，若没有破坏掉，人证物证都在。"

就这样张同和陈九后代以及办案人员不远千里赶到事出地点，寻找坟墓，果然找到坟墓，掘开坟墓，果然那颗夜明珠还在。陈九后代终于相信了张同的话。而张同也为自己洗清了冤情。

命案是非紧关金钱，张同的廉洁不贪不但保全了自己的仕途，也保全了自己的名誉，更为自己洗清了冤情。不义之财不要得，即使是人赠送，也要领取其一片苦心，喝杯茶就行，不要将贵重的礼物收下，要使自己有廉洁的好名声，最好是对财不要感兴趣。

莲子（故事纯属虚构）

莲子长得美得呀，水灵灵的，俊俏的脸盘白里透红，她是村庄里的一朵花。她锄草是一把手，她挑水是一个劳动力，当然她最善于织毛衣，各种款式，各种花纹，经过她手里都会变得生动活泼、惟妙惟肖。除外，她还是养花的好手，牡丹花、茶花、芍药等花草经她手里整理过，都会变得苍翠欲滴、亭亭玉立，开花结果，美不胜收。

当然莲子到了谈婚论嫁的年龄，许多人慕名而来，最后一位服役的军人被莲子看中，不久他们就结婚了。那军人叫剑荣，长得英俊潇洒，大专文化，由于勤奋学习，时常在报刊上发表文章；他爱莲子，不但在生活上关照她，而且在学习上帮助她。莲子是中职毕业的学生，人有力气，细活又干得来，每年养花养草也赚得一些钱。剑荣因材施教，买来了许多花卉书本，辅导莲子种些有经济价值的花卉，及如何护理、栽培，如何设计花卉展出等方方面面的知识；莲子也试着写些买卖花卉的广告，花卉展出的知识、技巧等，还蛮受欢迎的。

　　莲子事业上干得有声有色，家庭也幸福美满，不久就生了一个女儿，三口之家，其乐融融。剑荣读了本科以后，当上了干事，负责搞宣传工作，莲子在家当上了花圃的老板，生意火红。莲子的女儿朵朵七八岁的光景，活泼可爱，能帮爸妈的忙，干些力所能及的事，莲子的花一片片成海，灿若云霞，花海人海，和谐动人。

　　莲子三十八岁时，剑荣复员回家了，在银行上班，两人夫唱妇随，虽谈不上荣华富贵，但也恩爱甜蜜。过了几年银行破产，剑荣辞职回家，在家办小公司，莲子帮剑荣搞公司，夫妇俩同心同德，一起经营，公司经营得有模有样，小有成就。后来公司雇员渐渐多了起来，莲子就任会计，每天整理财务，虽然是小公司，但每月都有盈余，日子也过得甜蜜滋润。莲子越来越有女管家的风范，风风火火、泼泼辣辣，是打理公司里里外外的一把手，称得上女中豪杰。

　　莲子读了电大在四十四岁时拿了大专文凭，也钻研一些企业经营之类的书，把公司的部门管理得井然有序，卫生环境绿化也搞得相当不错，企业在小区也小有名气。人们说剑荣福气，娶了个能干的妻子，莲子则说嫁了个好丈夫，有个美满的家庭，也有一份不错的工作。工作、家庭兼顾，算是个家庭事业型的女子，普普通通，但也挺知足。人生，就是这样。

较量（故事纯属虚构）

张大宽和陈大庆两家是邻居，但两家也结过冤仇，冤仇不大，就是骂过好几回。十几年过去了，张大宽的儿子成了县里的副县长，而陈大庆的女儿成了市人民政府的副秘书长，真是八仙过海，各显神通。围绕着这两家的各种势力和人员团团转。

不管怎么样，张大宽和陈大庆两个老家伙暗自得意，后代，有出息的后代，两家的较量还长着呢。

当然当了县长的张文斌城府深得很，人在官场当中不能随心所欲，要夹着尾巴做人，不能目无百姓，公仇私报。而当了市人民政府副秘书长的陈小凤更是韬光养晦，含蓄、沉静，当然当官一任，造福一方，决不滥用私权。

再说有一个邻居，当然是张大宽的邻居也是陈大庆的邻居，名叫王阿旺，他的一个儿子在私营企业打工，不小心一只手臂被机械绞断，从此丧失劳动力。但私营老板赔偿的钱很少，王阿旺的儿子又没有工作，且收入来源有限。王阿旺先找张大宽，张大宽马上说："我定叫儿子替你家儿子讨一个公

道，能帮忙的尽量帮忙。"没过几天，果真张文斌替王阿旺的儿子向私营老板再要回了四万元的赔偿金，王阿旺感激得热泪盈眶，逢人便说张大宽的儿子张文斌真是好人，本事又大。再说这件事传到陈大庆的耳朵，陈大庆就有了主意，他主动上门要帮王阿旺儿子的忙。陈大庆说："我叫女儿陈小凤替你儿子安排一份福利工作，使他有个谋生手段，将来假臂安装一个，兴许能成家立业。"果真不久陈小凤替王阿旺的儿子谋到一份福利企业工作，并且自己出钱帮阿旺的儿子安装了假肢。王阿旺感激涕零，逢人便说："当官为民做主，真是好官，我真感谢陈小凤，感谢政府。"

后来这件事一传二传大家都知道了，都说张家和陈家出了两位好父母官，张大宽和陈大庆这两个老家伙一听都乐了。两个老家伙想了想，后代都为民造福，我们两个老家伙何不言归于好，毕竟是邻居嘛。不久张大宽和陈大庆这两个老家伙还真的言归于好，并合了影。

送红包（微型小说）

老同学林建华的孩子要结婚了，送来了请帖。叶君想了想，林建华不但是老同学，还是老邻居，更重要的是林建华现在是局长，而且曾经是自己的命中贵人，有帮助过自己。到底要送多少礼，文件明文规定，国家公职人员，党员、干部，红、白喜事最多送300元的红包。

但林建华可不比其他人，他和自己从小是儿时的玩伴，长大后在各自岗位上建功立业。林建华可是很会做人的，自己有什么困难，他都是毫不犹豫地给予帮助，而自己却无以回报。

所以，叶君这次想多送点钱给他，天不知，人不知，而且别人的滴水之恩当涌泉相报。

叶君包了三千元的红包，送礼到林建华家。林建华笑眯眯地说："老同学，我儿子结婚不收礼，等你儿子结婚，我去喝一杯喜酒，算是我们当长辈的最好祝贺了，你说呢？我们是公职人员，要起模范带头作用，让清廉洞头遍地开花。"

叶君惭愧地低下了头，转眼开心地说："老同学，我一定要把你的精神传承下去，为清廉洞头开个好头。"

破财消灾（廉政微故事）

　　有一段时间，网上沸沸扬扬讲有小青年扶助摔倒的老人，反被老人讹诈，有的被搞得倾家荡产，有的被搞得身败名裂，更有的被搞得家破人亡。后又有一阵子网上在说，有某老人摔倒在路上，没人去抢救，结果死亡了，后来才知道死者是一位大官员。路人的冷漠又纷纷被网友指责。

　　更有巧事是本故事要说的。青苗，是个三四十岁的社区干部，他那个区有一个商人，也是一次路途中救了一位遇车祸的男子，后来商人才知道，他救起来的男子是他舅舅的女婿。青苗逢人都说商人好心有好报，救的还是自家人。

　　温州是个台风发生率高的地方，今年的台风夜，青苗就去抗台抢险去了，他把容易发生泥石流灾害的地方的群众转移到安全的地方。正在他结束工作，准备休息的时候，手机响了。"青苗，你家的房子被泥石流冲垮了，你的妻子和孩子都安全，你家的宠物狗也被你儿子救出来了，就是财产没了。"青苗脸色苍白，然后说了一句"破财消灾"。

竞争出来的职位（廉政微故事）

　　某局局长有个千金名叫小桐，在事业单位做派遣制合同工，她本科毕业，写得一手好文章，人长得十分俊秀，老公在公安局工作。她是一位上进的青年人，时刻准备考公务员或事业单位的在编人员。可惜的是，她已经连续考了三次，都名落孙山，而且她的成绩都排在录取后的第二名。看来铁饭碗是难捧的。

　　就在小桐犹豫难决的时刻，她看到一则国有企业招聘信息，她都符合条件，于是她报名参加考试，她也不负众望，一考就考中了。

　　小桐在供电局上班了，今年还考上在职研究生。就在小桐顺风顺水时，她的父亲某局局长却退居二线了。

　　这时当地人力社会保障局公开招考公务员，小桐又去试了一试，结果入围了。入围人选四名，招考一名，这四人中有当老师的，有刚刚研究生毕业的，有当地领导的子女。许多人说有好戏可看了，因为这四名入围者都是高手，高手与高手较

量，真是难分输赢。

到最后是那位当老师的凭自己的真才实学考上了，而小桐与其他两位考生眼巴巴地扫兴而归。

小桐的同学和家人都劝小桐不要再参加什么公职考试了，安心干好自己已有的工作，不是每个人都能当公职人员的。

小桐做母亲了，她生了个儿子，一家三口，其乐融融。

突然有一个援疆的指标，是去新疆某地方某个事业单位挂职担任副职。

小桐所在单位没人报名，而小桐也符合条件，家里人都说孩子小，没必要去挑战这个极限，但小桐却要求组织派她去。小桐的同学发来了微信，说："你不用去援疆也能混个名堂来，凭你一个硕士，一个当过局长的父亲，一个当着中层干部的公安局老公，肯定会飞黄腾达的。"可小桐说："我要靠自己的实力、努力，争取换来属于自己的业绩。"

在新疆的日日夜夜，小桐时刻践行着一个共产党员的责任，工作干得有声有色。

眨眼小桐从新疆回到家乡了，此时，她也真的当了家乡事业单位的副职。于是许多人说，小桐是凭自己的努力、认真、踏实走上领导岗位的。她没有走捷径、开后门。

现在小桐博士毕业了，成了专家型领导干部。

《红楼梦》的妙

——学习"《红楼梦》文化解读"心得体会

学习了中央党校文史部教授——梅敬忠的《红楼梦》文化解读后,感受颇深,激情再一次被这部伟大的文学名著唤醒和感动。《红楼梦》我读过三四遍,在小的时候,在大学毕业后,更是在工作三十年后。

我买了四大名著放置在我的书房里,"浮生着甚苦奔忙,盛席华筵终散场。悲喜千般同幻泡,古今一梦尽荒唐。漫言红袖啼痕重,更有情痴抱恨长。字字看来皆是血,十年辛苦不寻常"。《红楼梦》是文学界的奇迹,更是智慧的结晶,是光芒四射的文化瑰宝。

《红楼梦》在艺术上取得了辉煌的成就,它艺术地再现了生活本身的厚重、丰富、逼真、自然。塑造了数百个栩栩如生的人物形象,其塑造人物的手法多种多样。

《红楼梦》是一部百科全书式的长篇小说。它以一个贵族家庭为中心展开了一幅广阔的社会历史图景,社会的各个阶级和阶层,上自皇妃国公,下至贩夫走卒,都得到了生动的描写。

特别是对贵族家庭的饮食起居各方面的生活细节都进行了真切细致的描述。在园林建筑、家具器皿、服饰摆设、车轿排场等方面的描写，都具有很强的可信性。它还表现了作者对烹调、医药、诗词、小说、绘画、建筑、戏曲等各种文化艺术的丰富知识和洞见，并且写得精准，见解独到。它的博大精深在世界文学史上是罕见的。

《红楼梦》是一部说不尽的奇书，不寻常在哪呢？它博大精深的思想内涵、错综复杂的人物关系、无比丰厚的艺术涵韵，值得我们永久探索。正因为如此，难怪《红楼梦》续作纷纷出笼，并且有专门的学术研究名称"红学"问世。

一百个人眼中就有一百个哈姆雷特，那么一百个人眼中就有一百个贾宝玉的形象，或者林黛玉的形象或者薛宝钗的形象，这都是不同的解读。随着时代的变迁，人们的思索更是多元化，所以说是《红楼梦》中的人物是公说公有理，婆说婆有理，众口难调，不得不说是一部说不尽、道不完的奇书。那么究竟能不能解呢？它的主题，它从文化层面能不能解读呢？应该是能够解读的，只要能自圆其说，只不过是太复杂了。

"开谈不说《红楼梦》，读尽诗书也枉然。"一曲红楼多少梦？情天情海幻情身。

《红楼梦》塑造了三个悲剧性人物：林黛玉，为爱情熬尽最后一滴眼泪，含恨而死；贾宝玉，终于离弃"温柔富贵之乡"而遁入空门；薛宝钗，虽成了荣府的"二奶奶"，却没有赢得真正的爱情，陪伴她的是终生凄凉孤苦。

乾隆年间，《红楼梦》用曹雪芹的前八十回遗作，以"石头记"命名的手稿，在文人墨客中争相转抄、流传，风靡全国。曹雪芹身后的名声亦随之大红大紫，传遍九州。

清中后期，文人刻家及红学后人，或出于对其才华的仰重；或出于对"石头记"的痴迷；或与其坎坷身世近似而同病相怜者，有以诗赋书画或刻木雕像去追思这位英年早逝的杰出小说家。

一部红楼梦使今人了解了中国近古封建社会到底是啥样，也使人们涌起了对这位伟大的小说巨匠的崇敬与缅怀。

之所以这样推崇《红楼梦》，是因为曹雪芹先生写的这部著作太好了，如《好了歌》：

"世人都晓神仙好，惟有功名忘不了！古今将相在何方？荒冢一堆草没了。世人都晓神仙好，只有金银忘不了！终朝只恨聚无多，及到多时眼闭了。世人都晓神仙好，只有娇妻忘不了！君生日日说恩情，君死又随人去了。世人都晓神仙好，只有儿孙忘不了！痴心父母古来多，孝顺儿孙谁见了？"多么睿智，多么眼辣，多么透彻……仅仅是甄士隐的一段注解，就叫人拍案称奇："陋室空堂，当年笏满床；衰草枯杨，曾为歌舞场；蛛丝儿结满雕梁，绿纱今又糊在蓬窗上。说甚么脂正浓，粉正香，如何两鬓又成霜？昨日黄土陇头送白骨，今宵红灯帐底卧鸳鸯。金满箱，银满箱，转眼乞丐人皆谤；正叹他人命不长，那知自己归来丧？训有方，保不定日后作强梁。择膏粱，谁承望流落在烟花巷！因嫌纱帽小，致使锁枷扛；昨怜破袄寒，今嫌紫蟒长！乱烘烘，你方唱罢我登场，反认他乡是故乡；甚荒唐，到头来都是为他人作嫁衣裳！"凄凉、破落、潦倒、衰败……世事无常……

再看："两弯似蹙非蹙罥烟眉，一双似喜非喜含情目。态

生两大为靥之愁，娇袭一身之病。泪光点点，娇喘微微。闲静时如娇花照水，行动处似弱柳扶风。心较比干多一窍，病如西子胜三分。"多么漂亮、光彩照人的林黛玉……

林黛玉和贾宝玉之间的缠绵爱情故事，在曹雪芹笔下的《枉凝眉》中如歌如泣："一个是阆苑仙葩，一个是美玉无瑕。若说没奇缘，今生偏又遇着他；若说有奇缘，如何心事终虚化？一个枉自嗟呀，一个空劳牵挂。一个是水中月，一个是镜中花。想眼中能有多少泪珠儿，怎禁得秋流到冬尽，春流到夏！"

小说中林黛玉确实是位值得同情的女孩子，但是，人无完人，金无足赤，林黛玉自身也有其不讨人喜欢的弱点，突出表现在"刘姥姥醉卧怡红院，潇湘子雅谑补余音"几个章节中。

林黛玉的坎坷一生是值得同情的，但她的性格和缺点也引起了一些人的非议。现实生活中的人，没有哪个是十全十美的，这就是要求我们在待人接物中要有一种辩证的思考方法，多角度、多维度、多元素地换位思考。

有好事者研究得出结论：沉鱼落雁，闭月羞花的四大古典美人，其实她们也有各自的不足之处。杨贵妃腋下有狐臭，不得不浓施粉黛；西施有心绞痛之疾，所以，才以手捂胸成病态状；貂蝉实际是个吊肩膀，需要垫肩；而王昭君是一只脚大，一只脚小，她总是长裙曳地，不露双脚。至于圣人贤达，只能说他们比我们通常人更能严于律己，宽厚待人，缺点少一点罢了。懂得这一道理，就会使我们更加宽容，也能更好地与他人相处。

对于生活中的有些人，专拣别人的缺点，而看不到别人的优点，只能是不成熟和无知。那些像手电筒一样的某些人，只照别人，不照自己，只看别人的不足；而无时不在显示自己的与众不同和优越感的人，只能是井底之蛙，孤陋寡闻，令人嗤笑罢了。

以中国古典四大名著之鲜活案例为讲解基础，在美妙的鉴赏中阐发有关治国立法的本土化领导智慧与管理智慧，主讲人集多年对该主题内容的演讲经验积累，重点选择《三国演义》与《红楼梦》文本解析，生动活泼、妙趣横生，而又发人深省，启人心智。

从中我们也可以看出中国人的民族性格、社会风尚、价值观、审美理想、思维方式，从而引起共鸣和借鉴作用。

《红楼梦》正是以贾府的衰败为背景，写了一批贵族子女的生活，特别是贾宝玉和林黛玉的爱情悲剧，及通过一整个贵族大家庭的兴衰变化，客观上展示了传统封建社会必然走向崩溃的历史命运；又特别是通过宝黛爱情悲剧的真实描写，表现了人生理想的幻灭，具有很强的社会批判意义。

我与图书馆

  与图书馆结下了不了的情缘，是在十几年前刚刚二十出头时，在《温州科技报》担任编辑、记者的时候，因工作需要时常到温州市图书馆查阅资料，还办理了图书馆借阅证书……

  不料，十几年后，我却成了校图书馆的馆员了，事出有因，当时由于我身体不好，读的专业又不对口，学校没书好教，只好去了校图书馆工作。等我本科毕业，念了个研究生的时候，我竟对图书馆情有独钟，不再感到偏僻和冷清，竟也爱一行干一行起来，人就是这样受限于熟悉的环境，受限于习惯和自然。所以干一番事业的人，大都经历过磨难，不然只能受制于环境，受制于懒惰的性情，安于现状。

  但在学校图书馆工作，我还是收获颇丰的。我加入了中国图书馆学会、美国华人图书馆员协会，学到了许多图书馆学知识，还评上了副研究馆员职称。此外，我还出版了三本文学著作，写了一千多篇文章。加入了中华诗词学会、浙江省儒学学会、中国科普作家协会、中国教育学会等协会。

在学校图书馆工作算是教学辅助人员，奖金、待遇都没有一线的老师高，所以有时也很想调到别的岗位上去，但图书馆里面有丰富的馆藏，千姿百态的书籍使我留恋不舍。我酷爱写作，时不时地发表文章，更需要众多的书籍来充电，所以舍不得离开心爱的图书馆。如果有官当或有什么更好的轻松的地方可去，那可能选择离开，但天上是不会掉下馅饼的，所以只能做一只蜗牛，窝在原地方不动。

　　但我对图书馆多少是有真感情的，毕竟已经工作多年，而且已经是习惯成自然了，现在我每到一个地方，有空就去图书馆看看，那是一个城市的象征，文明发达的窗口。城市离不开图书馆，图书馆的内涵、文明、文化是谁也替代不了的。

　　这是我几年前写的一则随笔，现在看看，实在是感觉当初太幼稚了。现在我对图书馆的理解是，一项十分受人喜欢的工作，特别是在电子阅览室，这样互联网环境下工作，在环境干净、整洁、舒畅的图书馆工作实在是一种享受，是美和艺术的融合，是知识和岁月静好的集中体现，是精神和智慧的融合，是人类文明万古长河的凝聚和结晶……

　　有书可读，有网可上，是一种幸福。虽然它不能带来金钱，不能带来心爱的人，但的确是一件幸福的事，是一件赏心悦目、高雅无比的事。它让人终身受益，让人心灵受到沐浴和熏陶，让人能够洞察人类历史长河的过往，让人领略人类朴素的思维和智慧聪明的知识巅峰，让人心旷神怡、欢欣鼓舞，让人流连忘返，让人因为知识而变得美丽和可爱、伟大而崇高！

（写于2007年，修改于2022年）

会长周友生

周友生老师是浙江省诗词与楹联学会副会长，那年和仪器站的老师到杭州党校培训，有一点空闲时间，我打电话到省诗词与楹联学会办公室，周老接电话，我说我到他那里拜访一下，周老答应了。我坐出租车去的，周老在办公室里，他是位慈祥和蔼的长者，我们聊了许多话题，周老还送给了我许多书。

周老的孩子都非常有出息，有一位儿子三十几岁就当了副厅长，现在在北京工作，很有发展前途。他们家的孩子学历都很高，基本上是博士，周老的爱人是一位中学老师，已退休，周老的父亲是我们原全国政协副主席佛教协会会长赵朴初的学生，在解放洞头的战斗岁月里周老也参加了。在此我代表洞头人民感谢周老和他的战友在那段炮火连天、血流成河的残酷战争中奉献出的生命和血汗，洞头人民永远忘不了因解放洞头而牺牲的解放军战士，他们的丰功伟绩与日月长存。

有段时间我时常打电话给周老，他时常在旅游风景区休养，有时去韩国，有时在北京他儿子的家。2005年我出版小说集《岁月无痕》，就请他给我的书题字，周老不但给我题字，还赠送给了我一副他书写的对联，我托朋友到温州裱了起来，将来准备挂在我新房子里面的书房里。

每年新春，我都寄贺卡给周老，周老也都寄贺卡给我。2006年我在浙江省委党校读研究生，有时也往浙江省诗词与楹联学会的办公室跑。办公室在省委大院内，进去要有介绍信，或里面的人出来接，在那里有时会碰到浙大教授陈志明老师和周一谔老师。有一回还聊到我们洞头先锋女子民兵连的老连长汪月霞呢。我告诉他们自从洞头和温州通车后，洞头的交通情况有了很大的改观，洞头的变化日新月异。听了我的汇报，周老师他们说很想到洞头看看。

后来，在一次浙江省诗词与楹联学会举办的活动中，他们如愿地来到洞头，并写下了脍炙人口的诗词。2007年我出版诗集《美丽年华》，周老又爽快地为我的诗集题字。我在省委党校学习时，周老吩咐我要读好书，认真读，成绩优秀，而我也做到了。2008年周友生老师和郭秀兴老师推荐我加入中华诗词学会，我也如愿以偿。2009年党校毕业至今，我再也没去过杭州，也没法与周老见面。有两年时间我寄贺卡给他，他没像以前那样会给我寄一张贺卡，有可能他不在办公室里办公，而没有看到我的贺卡，或其他什么原因。有一次打电话到省诗词与楹联学会办公室，工作人员告诉我，周老有点小恙，但不碍事。祝周老健康、长寿。

（2022年4月份我突然收到周友生先生的信件，惊喜万分，急忙用手机短信回复了他，又打了电话，电话是周师母接的，真是有缘。）

（写于2010年，修改于2022年）

凤起腾蛟

　　第一次真正到平阳，是我们温州新月诗社去平阳腾蛟镇采风。其实早在二十年前读大学时，我们班有个漂亮的女同学就是平阳人，当时我们的数学老师就是出生平阳的全国政协副主席、数学泰斗苏步青的女儿。可见平阳历史悠久，人杰地灵。

　　南宋著名爱国诗人林景熙是我国宋元之际诗坛、创作成绩卓著、最富代表性的作家之一，也是温州二千年历史中成就最高的诗人。

　　林景熙（1242—1310），字德旸，一作德阳，号霁山。温州平阳（今属浙江）人。南宋末期爱国诗人。

　　南宋度宗咸淳七年（公元1271年），林景熙由上舍生释褐成进士，受泉州教官，历礼部架阁，转从政郎；宋亡后不仕，隐居于平阳县城白石巷。元世祖二十二年（公元1285年），元朝西藏僧人杨琏真迦，为了盗取来皇陵中的金玉宝玩，把在会稽的徽钦二帝以下的历代帝王后妃的陵墓全部发掘，把剩骨残骸抛弃在草莽中，惨状目不忍睹，但无人敢去收拾。这时林景熙正在会稽，出于民族义愤，与郑朴翁等扮作采药人，冒着生命危险，上山拾取骨骸。景熙收得残骨两函，托言佛经，埋葬于兰亭山中，并移植皇陵冬青树作为标志，并写了《冬青花》诗："移来此种非人间，曾识万年觞底月。蜀魂飞绕百鸟臣，夜半一宗山竹裂。"又作《梦中诗》四首，以凄怆的声调记录了埋骨的经过，抒发了自己的悲愤，并希望将来能读到他的诗的人，知道民族正气依然存在，没有随着国家的沦亡而完全消失。

他教授生徒，从事著作，漫游江浙，名重一时，学者称"霁山先生"。卒葬家乡青芝山。

林景熙作为雄踞宋元之际诗坛数十年的爱国诗人，是南宋遗民诗人的代表，与谢翱并称翘楚，其创作成就和艺术造诣，历来受到极高的评价。诗文风格幽婉，沉郁悲凉又不失雄放。论诗主张"诗文归一""根于性情"。一生共留下诗文16卷，其中诗歌《白石樵唱》6卷、散文《白石稿》10卷，后人编为《霁山集》，被文史学家称为"屈子《离骚》、杜陵诗史"。

这样有气节的人，埋葬在平阳山水是平阳的骄傲。名闻海内外的百岁棋王谢侠逊，抗战期间，作为国家特使赴南洋诸国，以弈棋宣传抗战，募捐支持抗日，并动员三千余名华侨青年归国投身抗战，为我国神圣的民族解放大业做出贡献。谢氏平生著作甚丰，共出版棋谱十余部二十九册。像这样杰出的人士在平阳这块风水宝地真是出了不少。现在平阳有博士村，有全国象棋之乡的美誉，这样的青山绿水，这样的人杰地灵，真是绝配。

仅说平阳的腾蛟，唐朝诗人王勃的《滕王阁序》中有"腾

蛟起凤，孟学士之词宗"句，就是说平阳腾蛟"山川毓秀，腾蛟起凤"。古镇不仅有秀丽的山水，更有深厚的人文，认识古镇众多先贤，品尝让人垂涎的特色小吃，真是让人羡慕，其山清水秀，风光秀美，是休闲避暑的理想去处。境内市级风景名胜区赤岩山以潭瀑取胜。早在东晋年间，永嘉太守谢灵运就曾慕名游览过此地，他在《游名山记》中以"赤岩山水石之间"描述这里的妙处。过银坑桥走不远，入石门便可见从两石间飞流直下的瀑布，这便是雁门漈下的银坑瀑。瀑下即是石瓮深潭，四周悬崖峭壁，竹树交柯，俱笼在飞瀑散发的烟雨之中，凉意森森。站在潭边对壁长啸，余音四荡久久不绝。我们急忙拿出相机拍下了这难得一遇的胜景。

来腾蛟首先要看名人苑，腾蛟人牢记小镇的文化史，在穿镇而过的带溪溪畔街心公园建有名人苑，依次排列腾蛟乡贤石雕群。有谏议忠训大夫薛昌荣、宋六君子之一林则祖、南宋爱国诗人林景熙、太平天国优秀将领白承恩、晚清武科进士林桂芳、百岁棋王谢侠逊、著名数学家苏步青化学家苏步皋兄弟、瓯派人物画鼻祖苏昧朔等。听导游惟妙惟肖的讲解，真让人大开眼界，流连忘返，真正感叹平阳的风水宝地和后生的鹏程万里、锦天绣地。

与雾山碑林相邻还有另一处更大的"棋王"碑林，纪念百岁棋王谢侠逊而建，碑林内政要、学者名家书法家题词众多。正门为江泽民同志题词"百龄棋手，永葆青春"刻碑，背面是谢氏在抗战时期为宣传抗日发表在《大公报》上与旷世奇才周恩来对弈的题为"共抒国难"和棋棋谱，表达支持统一战线抗战之情。这是一个不可多得的景观，我们许多人都在这里拍照留影了。

　　走在腾蛟的街上，那里有打铁，有做线面的，有做纸的，有理发的等原生态店面，古香古色，令你目不暇接。听导游说，这条街要搞原生态一条街，我们下次来时，定会看到一只腾飞的凤凰，腾蛟起凤，凤起腾蛟。

（写于2009年，修改于2022年）

电大里的年轻人

　　她是一个充满朝气的年轻人，也是一个热情、助人为乐的人，同时又是个积极乐观爱岗敬业、脚踏实地埋头苦干的人。她作为电大教务员、班主任，对学生做到润物无声，工作中以身作则，作为党支部的组织委员能起到先锋模范作用。她是个事业家庭兼顾的现代新女性，我们都亲切称呼她为唐委员的——唐玉蓉。

在电大工作很光荣也很辛苦

　　唐玉蓉老师原在县教育幼儿园当教师，她喜欢这项职业，又很受小朋友的欢迎，并获得广泛的好评，县优秀班主任、县优秀教师、县先进工作者、县优秀团员等荣誉纷沓而来，而她的课题、论文也纷纷获奖。她早已经有资格去评幼教高级了，但因咽喉炎和声带小结，不再适宜在课堂上讲课，她只好考虑调到别的岗位上去工作。

一个偶然的机会，洞头电大正需要优秀的人才来补充教务工作，勤快且综合素质好的她非常符合这个条件，于是在2003年她调到浙江广播电视大学洞头分校工作，并一直担任班主任。在学校领导的支持下，唐玉蓉同志十分重视招生工作，积极与教务处领导及同事讨论研究招生方法，结合洞头县——海岛县的实际，提出实行"多层面的招生宣传"的建议。该建议得到领导的首肯和采纳后，她积极参与组织电视广告、横幅广告、短信群发、海报广告招生宣传等工作，不管烈日当空或刮风下雨，与同事利用招生简章到各个单位、外岛进行宣传；宣传过后，她又参与组织安排对报名学生进行入学考前培训，帮助学生复习知识，管理十分到位。到2007年学校已有近600人的在校生，学校办学规模迅速提升。

　　在电大工作很光荣但也很辛苦，电大考试往往在假期期间，招生也往往在假期期间，唐老师几乎很少有休息时间，加上电大是在晚上上课要值班，真是要精力充沛，体质良好。她的孩子现在还在小学读书，一次，正好是期末考试，她做考务，而她的孩子突然感冒、发烧，很是难受，嘴里喃喃地喊妈妈，小手紧紧地抓住妈妈的衣服不肯放手。唐老师和爱人一边给孩子降热，一边准备给孩子去看医生，但今天是考务，不能放弃自己的责任，她的内心在大声地说不能耽误学生、老师，她要保质保量按时完成任务。　她将孩子交给爱人和妈妈，将教学教育任务、考务工作做得仔仔细细、一丝不苟。工作结束了，她忙打电话到家，同事才知道她的孩子感冒发烧了，我们同事说了几句关心她孩子的话，她声音有点沙哑地说她欠孩子太多了，在她这么小时候感冒发烧不能在身边照顾，于心不

忍。等她回家孩子紧紧抱住她，还问妈妈怎么这么迟回家，是不是把宝宝忘了。唐老师激动地紧紧抱住孩子，孩子没事了。唐老师在2007年12月获省电大育人奖，这是对她工作的肯定和褒奖。

为人师表关心学生创建特色电大班集体

唐玉蓉同志热爱学生、了解学生、尊重学生、关心学生，为人师表，自觉运用良好的师德风范和道德行为影响教育学生。作为班主任，"培养什么样的学生、怎样培养学生"是她经常思考的问题。她经常说"人生是有限的，而为学生服务是无限的"，同时，她认为应该以"争做学生的知心人"来落实服务。她自己则利用一切机会为学生服务，公布自己的手机号码，加入每个班级QQ群，登录校园论坛解疑等。有时有些学员因功课太难上而不想来学习甚至产生不读的念头时，她就跑到学生家里，与他们交流谈心，直到动员他们继续来上学为止；有时学生抱怨学校的功课太紧而影响他们的工作生活时，她就去耐心细致地做他们的思想工作，最终，他们心平气和地接受了。

唐老师经常参加学校组织的教师、班主任和管理人员的业务学习，认真执行学校业务学习的有关规定，安排每学期的工作计划，认真学习远程教育最新理论、上级文件精神、管理方法、远程教育技术，积极探讨教学方法、教学艺术等，充分理解了远程教育，使自己的远程教育理论水平技术上了一个层次。同时，她还通过业务学习引导班主任创建特色电大班集体,如她要求班级管理要讲究方法、注重实效,积极采取措施,努力营造生动活泼的学习风气,多和学生交流学与教的感受,拉近学生和教师的距离,增强教师和学生的友谊,创建有特色的班级学习小组,创建有核心、有特色的班集体等。这些都为班主任的班级管理提供了积极的参考,也为学生服务打下坚实的基础。

热心助人的好委员

唐玉蓉同志有坚定的政治信念和优秀的业务水平,在工作上积极落实科学发展观,起先锋模范作用。不断学习理论,为全体党员做《学习科学发展观之我见》的辅导讲座。热爱自己的党务工作,积极开展"争先创优"活动,创造性地开展创建学习型党组织活动。党务工作琐碎枯燥,但她毫无怨言,不仅做好在职党员工作,还能为退休党员上门收取党费开展宣传活动,获得全体党员和群众的一致好评。

有一年她的一位同事出书,急需要一笔钱,唐老师二话没说就借给她,这位同事的书顺利出版了,这其中也有她的功劳。唐老师还是多位党员的入党介绍人,每年党支部举办的爱国主义主题教育活动清明节到烈士陵园扫墓,唐老师总是积极参加,还代表师生在主席台上致辞,开展爱国主义教育,革命传统教育,参观海霞公园军事主题教育,唐老师总是积极带头起表率作用。

唐老师时刻牢记自己是一名共产党员,用"一滴水可以折射出太阳的光辉"来警醒自己,踏实进取认真谨慎,忠于职

守、尽职尽责、遵纪守法、廉洁自律，努力发挥党员的先锋模范作用，以吃苦在前、享乐在后和对自己负责、对单位负责、对党负责的态度对待每一项工作，树立大局意识、服务意识、使命意识，努力把"全心全意为学生服务"的宗旨体现在每个细节中，以改进工作作风、讲求工作方法、注重工作效率、提高工作质量为目标，积极努力，完成了学校的各项工作任务。有空闲的时间积极帮助同事完成各项工作，力所能及地帮助同事在生活中碰到的小事，真是做到好事做千件，做人也高尚。为了表彰她出色的工作，2009年6月县教育局授予她优秀党员称号。

唐老师是那么年轻，那么漂亮，那么年富力强，明天应该是属于他们年轻人的，他们正处在这个伟大的时代，施展抱负，大展身手。最后衷心祝愿唐老师和和美美、顺顺利利、前程似锦。

（写于2010年）

和黄楣焕老师在一起的日子里

我是1994年到温州科技报社工作的，和黄楣焕老师是同事。1993年黄楣焕老师出了《科技企业之星》的书籍，全国政协副主席卢嘉锡题写书名，那时我很佩服黄楣焕老师，出了有质量有水平的科技书。

那个时候人们出的书不多，黄老师又是温州科技报第一个出书人，更令我们这些小辈刮目相看。我和黄老师曾一起到过瑞安、洞头采访，黄老师的文章写得真好，北京、天津的大报都刊登出来，我也跟着沾光，因为署名时也写上了我的名字。老实说，那时我写的文章并不是很好。黄老师是个勤奋的人，笔耕不辍的人，为人温和、儒雅，又挺随和，他在温州科技报社担任党委副书记等职务。

我后来在江西省南昌《专利技术信息报》担任特约记者，记者证就是黄老师为我办理的。黄老师认识的人多，现在我的老师，著名作家——中国科学院文联主席郭曰方也是黄老师介绍认识的。黄老师是一位优秀的新闻记者，1994年被评为全国

科技报先进工作者。1999年主编《白衣群里领头雁》一书，全国政协副主席、世界著名科学家卢嘉锡先生题写书名。我在2001年至2004年在温州师范学院读书函授本科专业时，多次去看望在温州日报社工作的黄老师，然后黄老师应约担任我们校报《百岛职教》的顾问。

2005年我从厦门旅游回来，带了两斤桂圆肉给黄老师，因为他刚病愈，我正好经过温州。我出版的三部文学著作黄老师都亲自顾问，而我也都一一送给他。黄老师看后，总是支持和鼓励我。2007年春节，我到温州参加温州市诗词学会的迎春诗会，会后，我与洞头的陈署老先生一同到黄老师家去，黄老师热情地留我们在家里吃饭，并和我们交谈甚欢。他还送他在2004年出版的新闻作品集《温州的人们》给陈署老先生。此后，到现在我都没有见过黄老师，有时打个电话问候一下。黄老师是我的良师益友。

（黄楣焕老师已经走了多年，今天偶尔翻了旧作，发现这篇写于2007年的文字还在。斯人已去，但给我们生者以怀念。回想与黄楣焕老师在一起工作的时光，真实感叹岁月的无情和残酷。）

（写于2007年，修改于2022年）

走过青葱岁月的沼泽地带

一、个案简介

小李：女生，17岁，学习成绩不理想，因为中考失利，就到较远的学校读书。性格，胆小，人际关系上，腼腆，上课读书声音小，做作业速度慢，家里条件较好，自己也很想考大学。

我是党员，是学校"兰小草接力"的一名教师，是福建师范大学心理学本科专业快要毕业的在职学生，是温州市心理学会会员，拥有浙江省中小学心理健康教育C证的老师。根据具体情况，我采取了如下方法进行帮助辅导、矫正。

精神支持矫正法。

谈话法，学生、班主任谈话。

点燃自信，鼓励上进。

成功激励，最终考上理想大学。

二、心理矫正分析及过程

1. 心理暗示的治疗矫正获得初步成功。早在古希腊和古埃及，医生已经使用暗示疗法来治病。他们十分强调言语的治疗作用，把言语视为心理治疗的重要手段。中国传统医学也很重视心理治疗。两千多年以前，在我国医学论著中已有所记载，提出许多精辟的理论观点和宝贵的临床经验。

《黄帝内经》中指出："精神不进，志意不治，病乃不愈。"主张应对患者施加心理影响，其原则为："告之以其败，语之以其善，导之以其所便，开之以其所苦。"并认为任何治疗都应以"治神入手""治神为本"。

我国历代名医一致认为：如果不帮助患者对其本身所患疾病的本质、利弊和不良影响有正确的认识，并指导患者如何正确对待疾病，不重视消除这些不良的影响，就很难取得治疗的完满成功。

从广义上讲，心理治疗就是通过各种方法，运用语言和非语言的交流方式，影响人的心理状态。通过解释、说明、支持、同情相互之间的理解来改变人的认知、信念、情感、态度、行为等，达到排忧解难、降低心理痛苦的目的。

2. 精神支持法。人们在遭受挫折及环境所加赋的严重压力或灾难时，会产生焦虑、紧张、知觉过敏、表情不自然、注意力难集中、小动作增多等心理改变，同时还可有一系列的生理表现。精神支持矫正，就是教师和学生在交流和交往过程中，对其"阻塞"的不良心理状态进行疏通引导，使之能畅通无阻。一般采用劝导、保证、启发、鼓励、说服等方式帮助学生分析和认识其所面临的问题，以此来激励、鼓舞学生自我领悟，消除思想顾虑和紧张，增强信心，减轻或消除不良心理所带来的痛苦，促进学生健康恢复自信心理。

3. 谈话法。多次和该同学谈心，了解家庭情况，得知家庭条件还不错，家长也很希望孩子考上大学。但成绩也确实不理想，学习方法不太对劲，学习习惯还没有很好地养成。然后通过班主任，了解到该学生有学习的欲望，有考大学的欲望，但真的是学习成绩不理想，能否考上大学实在是个未知数。在近几年，我校高考百分之百上线的情况下，该生的成绩实在是不理想。但她有这个欲望、这个要求，我们就一定要帮助她，让她梦想成功。

4. 点燃自信，鼓励上进。我跟她交流，经常说一些名人因为没有放弃理想而成功完成学业，并学有所成，最终成了受人尊敬的伟人、名人。讲了爱迪生小时候因为"低能儿"的遭遇，没有放弃努力，到最终成为发明大家的故事。告诉学生不能自暴自弃，总有一种学习方式，一种学习方法适合自己，只要持之以恒，一定会成功的。

该生果然没有放弃努力，后来班主任告诉我，她在补习以前落下的课程，花钱聘请老师辅导她的学业。

5. 成功激励，最终考上理想大学。经过谈话和鼓励，该生信心满满，成绩也在一点一点上升。功夫不负有心人，去年该生成功考上她自己心仪的大学。

三、结论与反思

没有教不好的学生，只有不会教的老师。作为一名老师，应该用发展的眼光看待每一位学生，如果不是这样，学生的发展一定会受到限制，因此要调动学生的积极性、主动性，要让学生知道：世上无难事，只怕有心人。只要我们用欣赏的眼光、关爱的语言同学生交流，用激励的语言、夸奖的表扬，学生一定会让我们拭目以待，一定会成才，成功的。

同学施梓凤

　　女同学当中，她的气质是非常好的，高高的个子，不胖不瘦的身材，温和得体的谈吐，身为公务员的她，是个很小资的女子。

　　在高中读书时，施梓凤并不是最出色的女同学，可人家就是从丑小鸭变成美天鹅的。大学毕业后，她被分配到我们县的县委宣传部工作，这种单位是叫人羡慕不已的，这时她的高贵气质也逐渐显露出来。美丽的女子，加上良好的家庭背景，及良好的教育，她就像一颗冉冉升起的明星，给人耳目一新的感觉。后来梓凤调到温州市文联工作，我们的联系多了起来，到温州办事，我有机会就到市文联坐坐，那里有我认识的作家王手，但更多的是到施梓凤那里聊聊一些事。她跟我们高中的同学联系得较多，人缘也很好，而我则孤陋寡闻，没她的人气，所以我到温州会到她那里去。她会叫同学过来聚聚，三五成群的女同学到茶座吃饭、喝茶，女同学们都很风光，都有一份好的工作和如意的生活，生活在温州市区比我们原来生活在海岛

是一种优越的进步。俗话说："人往高处走，水往低处流。"洞头的好多人才都流向市区，这也是顺大流，而机会往往是给有准备的人的，她们抓住了机遇，一跃而上，当然也就成了枝头的凤凰了。

女同学们见面，我是很开心的，我发现，在温州市区工作的女同学，都比我年轻、漂亮，气质都很好，可见环境会陶冶人的性情。

有几年，我经常打电话给梓凤，聊得甚欢。她是个有事业心的女子，为人又很仗义，深得我们的尊敬和喜爱。她善解人意，又聪颖大方，工作也较忙，开会、出差样样都拿得起放得下，真是个能干的人。

去年，我们开了高中同学会，我是第一次参加，而梓凤的人气旺旺，她是我们女生中最年轻、最漂亮的，致使有同学还认错了人呢。有这么通情达理的同学，是我们的幸运，同学们相互帮助，相互成长，真是个不寂寞的春天。同学，祝你一生好运。

（写于2010年）

退居二线后的林林总总

有人说退居二线是最舒服的日子，工资照常拿，又有空余时间搞自己的业余爱好。有人去垂钓，有人去旅游，有人去访亲探友。首先要调整心态，一般退居二线后，手中就没有什么实权，不要再居高临下，指挥别人，所以要一切随缘，不要再以自我为中心，不要处处教导别人，不要再高调处事。如果有什么爱好，要多多去做，从中获得乐趣，这也许是你事业的又一开端。人总是要老的，权利是一时的，世上没有开不败的花朵，所以要趁着好机会、好时光，休闲自乐，发挥余热，把退居二线的日子过好。

这是我N年前写的一段话，现在因为要出版发表，所以就加以修改、补充。

俗话说，无官一身轻。从领导岗位上退下来后，才真正体验到什么叫无官一身轻。本单位的会议不用召集了，上级的会议不用去参加了，单位的工作思路不用去操心了，年中年终的工作总结不用把关了，局领导再不会打电话给你布置工作任务

了。

以往要负有主要责任的工作，及紧张的工作节奏，已经跟自己无关紧要了。被审计、巡察、检查，生怕工作中出现偏差漏洞，及担忧的提拔、评优、晋职等要求进步的愿望等，一下子都与自己无关了。

门可罗雀并非坏事，而是人走茶凉的一种现象。以往来办公室汇报工作的繁忙景象消失了，再也听不到从走廊上渐渐近来的脚步声和敲门声了，也不用再说"请进""进来"等文明用语了。

要懂得古人的那种心境，人走茶凉寒刺骨，曲终人散夜未央。

虽然现在是新时代，但人情世故，人情薄凉，也应该有点心理准备。

晚节自律。退休前提前两年或更早从领导岗位上退下来，虽然会有不适应，但是从长远看，这是一项好政策。提前几年退下来，有这么几年半退休生活的过渡期，肯定要比到龄，从领导岗位上直接退休、硬着陆要好，起码可以避免硬着陆所带来的强大失落感和反差。

至于从退居二线到退休这段过渡期怎么把握，就要看各人的具体情况了。

最好是：一是不给现任领导添麻烦。要遵守单位的劳动纪律和规定，家里有事还是要请假的。二是履行普通党员义务。虽然从领导岗位和党内职务上退下来了，但是党员身份没有退。遵守党章，学习党的政治理论和方针、政策，按时缴纳党费，积极参加组织生活，这是一个共产党员应尽的义务。

工作退休了，党性修养不能停。晚节要自律。参加工作，风风雨雨，三四十年过来，勤勤恳恳工作了一辈子，要给大家留一个完美的印象。

正如古人所说，有好的开始，也要有好的结尾。真正做到善始善终，善作善成。

畲族婚俗

引　子　这是网上搜索到的有关畲族婚俗表演的介绍：畲族婚俗实行一夫一妻制，初时实行族内远房成婚，对歌找恋人，自许终身，后来逐渐演变为经媒人介绍，双方同意后聘礼成婚，现畲汉通婚日趋增多。婚嫁方式有女嫁男、男嫁女、做两头家、子媳缘亲等形式。嫁妆是犁、耙、锄、棕衣等用具和工艺精美的竹木制品、日用家具。婚礼仪式有拦路（门）、举礼、喝宝塔茶、脱草鞋、借镬、杀鸡、撬蛙、对歌、对盏、留箸、留风水、行嫁、拜堂、传代、回门等环节。

2008年11月22日我们洞头县文联采风团慕名来到了丽水市云和县，在云和县文联工作人员带领下，来到了云和雾溪畲族乡坪垟岗村支部委员会所在地，度过了一场别开生面的畲族婚礼习俗。

车刚到坪垟岗村的文化基地，就听见从民房中传出了音乐声，我们循声而去，一场热闹的娶亲演出正在进行着……云和县文联主席告诉我们，他们已经替我们制订了一场畲族婚俗的演出。

有人说不看了，到别处看看风景去；但也有人说既然订下了演出节目，就不能退。就这样我们在民房里匆匆地吃了饭，在这过程中忽然就看到上午演出的男游客（扮新郎的）正与扮新娘的演员一起吃饭、敬酒，感到很是惊奇、有趣。

饭后，演出就开始了，这场演出是专为我们洞头县文联采风团举行的，我们即犹豫不安又满怀信心、充满期待……

音乐响起来了，演员们早早地做好了准备，一个姑娘用畲乡话开始了开白场，话讲了好多句，其中只有一句话，"欢迎洞头的朋友"，我们听懂了……然后讲解员就开始讲解了畲族祖先的来历和龙麒的故事。接下来不久，就开始婚俗演出了。姑娘们的舞蹈还算不错，接下去是姑娘们出谜语给我们猜，我们采风团中在县法院工作的郑志敏与在县公安局工作的陈丰都被抽选去猜谜语了。看谜语总共才两个，他们猜对了一个，另一个猜错了……畲族姑娘给他们送去了如意挂件……

就这样宾主互动，先跳竹排舞……再后来就演寨主招女婿这场戏了，新娘打扮得花枝招展，这个新娘长得很漂亮，大约十七八岁的样子，光彩照人。接下来我们文联采风团的男同胞都被叫去，站在一楼排成队，新娘子就在二楼抛绣球，表演了一番，我们采风团的帅小伙公安局陈丰被抛中绣球，成了新郎……然后就戴上大红花，穿上新郎的服装，准备去迎亲了……我们法院的同志郑志敏、霓南中学的王成新老师成了赤郎，社保局施立松、刘秀丽老师成了赤娘……然后赤郎挑担、提鸡，赤娘手提花灯去新娘家娶亲。到了新娘家门口，新娘的母亲就

唱嫁女歌，新郎的小姨子们用杉枝挡路，要新郎唱歌求婚。陈丰同志还算五音齐全，唱了一首曲子，然后大家都和他一齐合唱歌曲，接下来又唱了两首，就冲过杉枝拦阻的路了。我们急匆匆地来到了雾溪畲族乡坪垟岗村支部委员会所在地的一楼房子里，这时老丈人出来与赤郎、赤娘跳舞……接下来是新郎的男宾客抢小姨子手上提的鸡，我们县志办主任庄明松老师跑了两圈，也抢不到鸡，文联张志强主席眼疾手快，就接替他抢鸡了，一次、两次，没几次就抢到鸡了，然后新郎将新娘从房子里抱出来娶亲回家。

到家后，新郎与新娘拜堂，接下去各位男宾客抱着女演员转几圈进洞房，洞房里有个大"喜"字，新郎和新娘与所有来宾喝交杯酒，吃花生、糖子。这样表演折腾了一个多小时，畲族的婚俗才算结束。

其实，这是个不错的演出，游客和演员互动，娱乐中既能了解畲族婚俗礼节，又能使畲族民俗民风广为流传。

我们与畲族演员们拍了合照，依依不舍，这出戏使我们笑颜常开，尽兴而归。

（写于 2008 年 11 月，修改于 2022 年 9 月）

听邵龙宝老师讲儒学

那天跟温州市委党校的董约武教授QQ聊天时，我们说要拜邵龙宝老师为师，跟他学儒学，董约武也是搞儒学研究的，他博学多才，年纪又轻，将来前途无量。邵老师是国际儒学联合会的理事，上海市伦理学会副会长，对儒学研究功底应该比较深厚，我们博士课程班的同学都很乐意学点儒学，很乐意聆听儒学讲座。

就这样在期盼中，邵老师来了。他刚刚从欧洲考察回来，就到温州给我们上课。第一印象，邵老师精神很好，虽然年纪有点大了。他的课很有内涵、韵味，古朴又现代，思想很深邃，语言质朴且生动。他喜欢书法，听说去年获得全国书法大赛二等奖，近年来又在画国画，已经达到很高层次的水平，爱唱京剧，是同济大学京剧团成员。他是文科二级教授，有一个享受国务院政府津贴的爱人，有一个非常出色的儿子。这都是他的骄傲。

邵龙宝，男，1951年2月生，上海市人。1978年本科毕业于延边大学中国语言文学系中文专业，1994年硕士研究生毕业于大连理工大学社会科学系马克思主义理论与思想政治专业，获法学硕士，1997年内聘为教授，1998年正式被评为教授。现任同济大学马克思主义学院教授（博导），比较文化与道德教育研究所所长，思想政治教育教研部主任，中西方道德教化比较研究博士研究方向学科带头人。

邵老师原来主要研究儒学，后来研究儒释道融通，最近十多年着力中西比较；他也讲心理健康、管理心理学等课，在上海东方大讲堂开设讲座，如《如何敲开幸福的大门做幸福达人》等。我们最爱听的还是他的儒学课，尤其是儒道互补和三教合流方面，他讲《论语》《道德经》《心经》《大学》《中庸》，讲"色、受、行、想、识"，讲《了凡四训》《逍遥游》《金刚经》，讲苏格拉底、《理想国》、亚里士多德、康德道德哲学等，真是博学多才，口若悬河，娓娓动听，意趣高雅。

邵老师原为同济大学哲学与社会学系副主任，中国思想文化研究所所长，中西比较哲学研究所副所长，伦理学硕士点负责人，思想政治教育博士点负责人。长期从事伦理学、中西人格理论、道德哲学和道德教育学、管理心理学、思想道德修养等课程的教学和研究工作，研究方向是中西方道德教化比较研究、儒家伦理、大学生道德教育学等。1997年、1998年、2002年荣获省市级优秀教师；1998年荣获大连市特殊贡献；2003年荣获同济大学师德师风十佳教师提名奖；2003年同济大学亚德客二等奖；2006年荣获同济大学第二届教学名师奖。2008年荣获同济大学韩季忠奖教金；2019年评上上海市思政课教学名师。

　　邵老师曾主持完成三项国家社会科学基金项目，一项国家哲学社会科学重大项目专项，两项国家教育科学重点项目（其中一项为子项）、一项教育部人文科学一般项目，上海市哲学社会科学2008年度德育重大项目一项，上海市教育科学基金项目一项，参与中宣部理论处重点项目一项。在教学和科研方面，曾获得国家优秀图书教育类二等奖，十四项省市级一二三等奖，出版专著（含合著和教材）9部，发表论文150多篇。主持的课程建设和教学改革曾于1997年获辽宁省优秀教学成果一等奖，上海市教学成果二等奖两项、上海市优秀教材二等奖等多项，曾四次获得省市级优秀教师称号。

　　邵龙宝二十多年来一直从事大学生思想道德教育的教学和理论研究，研究方向为中西方道德教化比较研究、儒家伦理与公民社会、大学生思想道德教育和教学研究。为了使思想道德修养课程更富实效性，他先后尝试过"大学生思想道德修养现代化教学模式的理论和实践""主体性开放型教学模式的实验""学习共同体与创新人格的培养模式"等课程建设、教学改革等项目的研究。在同济大学退休后到上海杉达学院发挥余热，担任公共教育学院副院长、马克思主义学院院长、儒学研究所所长、中华优秀传统文化研究所所长等职。在教学实践中他注重对大学生的道德价值观现状进行调查研究，以便有针对性地充实新内容，探索新方法。他把本科生的共同课课程建设与硕士点、博士点学科建设相结合，以学科建设为龙头，理论联系实际，探索思想道德教育和教学的新理念、新内容、新方

法和新途径。他主持申报的《基于中西智慧和融入大学生人格培育的机理》（思想道德与法治课）2021年荣获上海市思政课金课，上海市一流课。

2006年教育部编写出新教材以后，他遵照新教材三级目录的要求，在动态中调查了解大学生思想道德和心理状况，有针对性地对大学生进行世界观、人生观、价值观和道德观教育，尤其注重引导学生确立做人的信仰。他认为自人类社会开化以来，思想道德教育一直是支撑社会健康发展的文明支柱。因此，他始终坚信自己所从事的职业是无比光荣和高尚的。千百年来中西方各民族在生产实践、教育实践中积累了汗牛充栋的道德文化资源，其根本目的是培养为当时社会统治阶级所需要的人。而他认为马克思的伟大在于，他的理想是要解放全世界被"人"的奴役和被"物"的奴役的所有被剥削和被压迫的人；他要消灭一切阶级、一切统治者，创造一个使所有的人都能"自由全面发展"的人类社会。他坚信这一理想和终极关怀是科学、崇高和神圣的，并试图寻找马克思的信仰与诸多国家和民族之宗教和文化的共同点，用以更好地引导大学生确立这一崇高的理想。他认为信仰体系的构建是当前社会主义核心价值体系建设的核心内容，首先要从做一个堂堂正正的大写的人入手。孟子所言"仰不愧于天，俯不怍于人"是中国人做人的道德典范，应该将其上升为中国人之为中国人的做人信仰。关于做人的道德规范，他认为中国道德修养的心性学说和资源在世界上最为丰富；他又认为，同时不能舍弃包括基督教、佛教在内的人类一切文化的积极因素即精髓，都应在批判的基础上加以汲取和借鉴。他认为信仰体系的构建是当前社会主义核心价值体系建设的核心内容。引导学生在建设社会主义核心价值观的实践中构建起信仰体系应包括三个方面的层次：做一个堂堂正正大写的人是信仰的底线，建设有中国特色的社会主义是共同信仰是中间层，在今天尤其要了解和深刻认识"两个一百年"和"三步走的战略目标"，马克思的"自由人的联合体"，以实现"每个人的自由全面发展"的共产主义理想是终极目标、最高理想。他在课堂上执着于传播真理和科学的信仰，以大量有说服力的材料引导学生建构科学的世界观、人生观、道德观。不仅以马克思的人学理论作指导，还适时融入中西方思想文化和人格教育的内容，提炼公民道德建设实施纲要、中华传统美德、构建社会主义和谐社会、科学的发展观、社会主义荣辱观等新内容在教学方法上引入教育的建构主义理念，引导学生积极参与课堂教学，打造"活力课堂"，探讨最先进的教学理念，重塑内容、方式方法，引导学生"与真理同行、与信仰同在"，并与同学们共勉："努力做到知行统一"，深受大学生欢迎。

他热衷于理论创新，认为思想政治教育类课程如果不努力进行理论创新，要想真正上好课是不可能的。所以他潜心读书，探究中西方文化传统和马克思的人学理论，努力融通儒释道，进行中西比较，探讨马克思主义中国化过程中中华优秀传统文化所处的地位和所发挥的作用。近些年来在《教育研究》《社会科学》《世界哲学》《道德与文明》《高等教育研究》《中国教育报》理论版发表有深度的论文，不少文章被各个网站、《人大复印资料》和《新华文摘》等刊物转摘。2019年他的《中西智慧与人格建构》（70万字）入选教育部思想政治教

育工作研究文库，2021年3月由人民出版社出版。他在教学上的主要特色：一是善于将深刻的理论通俗化，便于学生接受。二是引入西方的教育的建构主义理念，建立了一套以引导学生自主研究型学习为主，重视学生个性发展和创新能力培养的师生双向互动的教学模式，形成了一套课内与课外结合、理论与实践结合，集课堂教学、学生制作多媒体并进行演示表演、校外实践活动和计算机网络辅助教学的立体教学模式，建立了学习实践共同体教学模式。他的这一成果在权威刊物《教育研究》2007年第1期上已发表论文。学生在学习共同体中创作的多媒体课件、课程设计方案已达80余套，教师的多媒体课件、教案、教学大纲、考试大纲、阅读指导书目、题库、参考资料等不断更新上网，并采取以典型案例激活概念，以设疑启发化解理论，以对话、讨论引导学生进行自主思考，以情感与心灵交流创设良好的教学场景。近些年来他又提出《五维联动》深化教学实践即思政课与课程思政、校内与校外、课内与课外、线上与线下、教学与科研，把思政课教学放在《大思政》的框架中展开，最近他又与团队成员一起正努力申报国家一流课。

　　他在参加国际学术研讨会时注意学习和收集各国和各地区的成果信息与经验，利用去香港参加国际学术研讨会的机会和美国、中国香港、中国台湾等国家和地区的学校建立了联系，共同讨论道德教育教学的创新思路。力求与国际接轨，做到了学科和课程建设高起点。借鉴了新加坡、韩国、美国和中国香港等道德教育和教学的各种先进经验，他不是生搬硬套移植模仿各种理论，而是将其置于马克思主义理论和科学的发展观、习近平新时代中国特色社会主义思想的指导之下，使其适合中国历史国情、现实社会状况和大学生的身心发展及价值观实际。

在他的课堂上经常可以看到学生集体作品的展示，使课堂教学生动活泼，极大地调动了学生的学习积极性。近年来他要求学生在社会实践中制作微视频，许多作品值得进行交流和保存，切实锻炼提高了学生的综合能力和综合素养。他致力于课程的高阶性、创新性和挑战度的研究，真正落实探索性、研究型、专题式教学。在双向互动教学中，师生、生生在课堂上彼此之间情感和心灵都是开放的，大家共同把最好的知识、理论、感受、体会、生活经验、喜悦、成功和对社会与他人的责任、义务，将终极关怀的体悟传递、提供给大家。这是一个师生在互动中建构自己价值体系、面向时代的一种道德教育的创造型学习，真正使课堂成为知识创新的发源地、思想碰撞的运动场、才情抒发的灵感园。他还努力把课堂延伸到课外，使开放型教学与学校的整体教育活动有机结合起来，并使课堂教学成为实现学校教育目标的一部分；使课堂与外面的世界息息相通，与校园文化、社区精神文明建设、建立课堂教学社会实践基地等有机结合起来，使课堂成为向社会开放的信息互动的场所。将教学过程看作是师生在互动中重塑自我、建构人格的过程。他在教学中不断充实适应时代精神的新内容，以学生的问题组织课堂教学内容，贴近时代、贴近社会、贴近学生生活实际。不仅要关注个体内部的构建过程，而且更应该从社会角度关注发展和发展中的事物是怎样影响学生的价值观的。他利用课内让学生写出自己的价值困惑等办法，及时掌握学生的思想道德动态，努力做到以真诚、恰到好处、适时引导学生结合社会生活和自身的实际，把抽象的概念和理论具体化为学生感兴

趣的问题与事件，印打在学生的心坎上。遵循中西方传统美德与现代理念相统一，经典与现代、基础性与先进性相统一的原则。努力立足于继承和弘扬中华传统美德，将中西方有价值的文化精华通过前人与今人的对话的形式用一种新颖方式加以传授，无论涉及孔子、老子或苏格拉底，尽力做到像刚从海里抓上来的鲜鱼，带着它即时的新鲜呈现给学生，这是极不易的，但这是他一直在追求的理想目标。以评价性知识为主，以认知性知识为依托，使两者保持适当的比例。遵循社会对大学生的要求与满足大学生需求的统一之原则。遵循心灵情感的沟通与知识和理论传授相统一的原则。使学生在认知、解释、理解社会的过程中建构自己的知识体系，在人际互动中通过小组或班级等社会性的协商进行知识的社会建构。

使教学环节在时间和空间上得以延伸。他还组织全体教师采用"走出去请进来"的方式，请专家学者结合专题做报告，建立课堂教学社会实践基地，组织好学生走向社会开展各种形式的社会活动，如为敬老院服务，使课堂成为展示自我、与社会进行信息互动的场所。学生完成了"道德对经济的促进作用""爱的调查""人才市场的调查报告""我与绿色生态""向国庆55周年献礼""大学生人格优长""大学生人格缺失""大学生价值困惑""敬老院归来有感""爱·怜悯·感恩"等许多习作。在教学实践中他注意培养学生的观察、体验、分析社会的能力，培养学生的创造性思维能力和解决实际问题的能力。

他对青年教师悉心培养，把自己的研究成果毫不保留地供大家参考、批评和借鉴，组织他们分工协作，研究内容体系的改革、教学方式方法的改进；经常在一起讨论课程建设的思路和做法，互相听课、评课，把自己的多媒体供大家作参考，要求他们做出更加有质量的课件；努力为大家提供和创造条件，购买必要的硬盘和图书资料，为他们创造条件到国外或国内高校学习进修的机会。现在已有两位博士成为本科和研究生教学的骨干，其中一位成为系副主任，一位成为教研室主任，多位成为思想道德修养课程建设和教改研究的骨干教师。他在教学和科研上的一些做法曾在《中国教育报》《中国青年报》《同济报》上有过报道。

我想值得我们向邵老师学习的地方还有很多很多，将来要是到上海学习，一定要把他的理论精髓进一步学到家，这样才不会白白浪费时间、精力和财力。

邵老师，您是好样的。

（写于2012年，修改补充于2022年9月）

诗词百篇集

咏苍南碗窑

碗丽山村倩，窑留记忆甜。
陶瓷工艺妙，锦绣美誉添。

咏苍南

山清水秀美如画，万种风姿惊艳生。
鱼米之乡香四季，繁华似锦喜盈盈。

喝火令·中秋（词林正韵）

又是良辰到，中秋聚友欢。盛妆华夏好江山，歌舞月明沉醉，高处看飞船。

画展神舟上，重邀至九天，天宫仙子舞蹁跹。共话神州，共话月儿圆，共话丰年圆梦，无恙祝人寰。

苍南采风记

桥墩鱼米乡，起伏茗园长。
白鸭田螺旺，碗窑分水祥。
三鲜肴盛美，四季柚芬芳。
天遂苍南好，灵川谷满仓。

注：1.碗窑、分水分别为苍南的景点名称。

2.灵溪镇是苍南县人民政府所在地，故灵川指代苍南。

采桑子·苍南采风行

青山绿水苍南靓，厚重桥墩。荟萃人文，月饼龙窑销客魂。
松山八角廊娇美，工匠精勤。智慧珍存，避雨遮阳更渡民。

蝶恋花·断桥

相映心心交口颂，有幸西湖，连理秋波动，比翼双飞非旧
梦，杭城处处芳香拥。
偕子断桥情万种，千里姻缘，一线牵还宠。无限风光今与
共，好山好运频追踵。

唐多令·咏苍南

十里藕花塘，风光野趣长。更有山、巍峨高昂。古迹碗窑
洵靓丽，桥墩美，桂花香。

看玉乳仙乡，访观月饼坊。美食尝、鱼米天堂。沉醉苍南
真福地，古今赞，四方扬。

人月圆·芒种有感

江南塞北丰收早，芒种恰登场，飘香麦浪，金黄灿灿，汇
满粮仓。

纵观世事，耕耘得获，不可抛荒。重农稼穑，休忘此理，
国富民强。

望海潮·温州之歌

　　东濒东海，南连闽粤，瓯江贯境流长。天气暖和，人文荟萃，清风惠政民康。粮食满囷仓。喜千载机遇，私企乘航。市集繁荣，畅销鞋革靓时装。

　　东瓯范式名扬。誉千金一诺，再铸辉煌。瓯海鹿城，龙湾百岛，区容出彩春妆。千骑赴沙场，百棹龙舟竞，时露锋芒。且看温州制造，添翼越重洋。

　　注：洞头，又称百岛。

七律·忆童年

　　沧桑岁月忆童年，无虑人生涌眼前。
　　爬树掏窝欢乐乐，抓鱼戏水闹连连。
　　操场玩耍抛沙袋，里巷回环滚铁圈。
　　多少孩提淘气事，流星一闪过云烟。

满庭芳·洞头巨变

万象更新，千花怒放，洞头地瑞民安。海欢山笑，芳梦醉阑珊。回想当年岁月，黎庶苦、交迫饥寒。瓯江口，茫茫大海，何处是乡关？

年年兴建设，朝朝暮暮，岁岁寒寒。木兰赞，铿锵女子连贤。巾帼流芳百世，临危险、一马当先。群英谱，英雄铁血，奋进尽争前。

沁园春·校园

校舍青青，遍地芬芳，戒尺讲台。便人生粉墨，教师严谨，世情雅俗，学子开怀。春色融融，曙光初照，庠序书声处处佳。初生犊，恰青春年少，学海无涯。

明星穿戴名牌，为师表冰清衣着谐。似临风玉树，莲花口吐，连珠妙语，解释疑猜。锐意奢心，风华正茂，乐此忘疲入胜来。前程远，正乘风破浪，深造高才。

仙叠岩

危崖叠翠伴晨曦，仙去石留千载奇。
一展雄姿观世界，潮消潮涨闪珠玑。

八声甘州·悼袁隆平院士（词林正韵）

看万千黎庶悼隆平，百族痛难当。正凄风苦雨，星河冷落，暗淡无光。想稻谷丰收事，日夜苦思量。院士升仙去，无限悲伤。

不忍神农离远，稻花香里醉，晨夕难忘。叹历年辛苦，憔悴瘦腮庞。念袁公、蓑衣斗笠，立田头、风雨几星霜。山川泣、九州民众，痛断肝肠。

渔家傲·浙江瓯江诗路泰顺文化带建设诗词采风

　　古迹幽幽真绚丽，库村名胜招人气，卵石浑圆超创意。凭智慧，土墙建舍先人艺。

　　泰顺水清山更翠，好风好景骚人醉。空气新鲜真宝贵，多旖旎，人间最美芳华地。

多丽·观看《伟大建党精神》有感

看银屏，风生谈笑如今，忆当年，艰辛岁月，万众点石成金。

喜今朝，开来继往，学马列，强劲宏音。

明日长征，堂堂世界，看中华气耀长林。

立伟业，航天科技，听玉女弹琴。

须晴日，驾鹏云海，霞里飞针。

讲精神，高歌建党，日子甜蜜甘霖。

祝平安，喜圆美梦，年年好，珍贵劳任。

永记心中，搏拼奋斗，脱贫穷不负情深。

致富路，相牵携手，鸿运又相寻。

黎民乐，平安岁岁，幸福常临。

咏曲苑风荷（新韵）

曲水通幽客觅踪，风声谈笑也从容。
小桥流水相辉映，碧日荷花别样红。

赶考（新韵）

辛苦忙碌一年久，就为升学没作休。
学问贬值人郁闷，题名金榜也忧愁。

留园（新韵）

身价留园万万千，游人多少来寻贤。

兴衰成败由天定，自在东山也半仙。

高阳台·新春

美酒佳肴，新春热闹，合家喜气洋洋。鞭炮声声，迎新除旧繁忙。

平安岁岁新年好，闹元宵，百族安康。

笑盈盈，心态平和，遍地阳光。

当年梦想今朝现，人人心畅快，富裕荣昌。

锦绣河山，红梅白雪芬芳。

亲情美味浓浓意，梦香甜，碧叶凝霜。

夜温馨，火树银花，照亮仙乡。

木兰花·元宵

十五夜听鞭炮响。喜庆元宵真闹爽。春料峭,福临门,岁岁渔灯圆月朗。

民安国泰寒暑顺。百族舞龙狮子滚。天天笑语漫街坊,惠风善政双重润。

雪梅香·探望刘妙顺诗家

看诗友,春风飞越乐清关。更心情惊喜,清幽别墅兰轩。无恙安然暗祈祷,吉人天相定平安。药丹到,妙手回春,神爽心宽。

冬寒,补营养,走过冬天。雅韵连篇,腹满珠玑,兴来漫赋婵娟。但愿刘师早康复,说拉弹唱自蹁跹。来年聚,大笑开怀,松寿延年。

满庭芳·杭城喜迎第十九届亚运会

美丽杭州，飘香丹桂，欢欣再续华章。雄风圣火，亚运健
儿强。四海宾朋入驻，展竞技、折桂芬芳。身姿健，精神抖
擞，难忘共辉煌。

钱塘。潮滚滚，绵绵友谊，地久天长。且看我中华，国步
康庄。体育赛场争冠，凯旋耀、和睦仙乡，千古颂。诗书礼
遇，九域更名扬。

青玉案·咏瑞安湖岭镇

弯弯河道长流水，望溪底、群鱼戏，锦瑟年华多美丽。玥
泉楼倚，飘窗花气，更滴珍珠泪。

蓝天白絮舒心意，墨客挥毫印丹记。拍照吟诗湖岭地，绿
杨阴里，嫣红姹紫，胜景传人世。

行香子·无题

一路风尘，万亩茶花。看春色、嫣紫娇娃。烟云袅袅，气象嘉嘉。更唐风盛，千舟过，醉朝霞。

几分惆怅，心乱如麻。问谁怜、碧玉人家。素心凝恨，月色横斜。正落花残，芳菲梦，叹奢华。

蝶恋花·咏苍南县宜山镇

美丽宜山经济旺，毓秀钟灵，教育蒸蒸上。名镇内衣真慕尚，名扬纺织江潮涨。

淳朴民风人敬仰，文卫传承，幸福之花放。中外驰名骚客访，繁花遍地人同赏。

满庭芳·赞永嘉书院

沉醉人间，永嘉山水，早春月碧云天。韵朋骚客，帘透映霞烟。兴盛千年黉舍，依古树、拍照窗前。柳丝软，氤氲泽润，水且叶田田。

鲜妍，花曼妙，平沙落雁，好梦婵娟。楼耸兰阶美，漫舞年年。名胜江南书院，诗几阕、代代相传。芳菲梦，诗心万绪，豪迈喜相牵。

醉花阴·咏楠溪江

春发楠溪花烂漫，绚丽山樱绽。晓雾自沉沉，白玉冰香，神女临江畔。

古村生态风光艳，旧貌新颜换。冷月透西窗，流逝韶华，月夜琴声远。

咏永嘉瓯北镇

山清水秀繁华地，鸽蛋金柑香气浓。
泵阀营销生意好，罗浮处处沐春风。

清商怨·评职称有感

光阴流逝转眼去，谁知心里苦。感喟人生，叶如枯草舞。
难成参天大树。叹无奈，忧愁万缕。
职称评了，长歌来泄怒。

清平乐 · 无题

玉兰娇俏，十里樱花闹。油菜花开佳丽笑，郊外踏青拍照。

诗人写意舒情，黄莺轻快啼鸣。文艺百花齐放，军民众志成城。

好事近 · 泰顺廊桥

泰顺看廊桥，惊喜壮姿娇美。今古悉称奇妙，更是风光绮。

四周绿水菜花开，鹅在溪中戏。倩影自然纯朴，气象留尘世。

柳梢青·重阳

岁岁重阳，年年有福。赤子思乡，秋色黄花，虽言不醉，最是心伤。

河山锦绣绵长，古亭外，斜阳映江，秀发如霜，初心不改，万里归航。

武陵春·重阳节（词林正韵）

九九登高西北望，佳日又重阳。
岁岁年年秋色香，红柿喜收忙。

辽阔平原铺稻谷，又是好风光。
谁道黄花酒不芳，今日醉琼浆。

满庭芳·赞东屏街道中仑村

荟萃人文，繁荣经济，壮词满目琳琅。雍容学府，富丽更堂皇。流水小桥自在，真武殿、宏伟华昌。兰轩倚，清新一派，冷月照西窗。

春阳，辞旧岁，太平龙舞，好运绵长。玉似娟娟秀，鱼肉飘香。学子书声抑顿，富庶地、物阜人强。兴科教，遵规守法，幸福遍山乡。

破阵子·瓯江口采风

十里樱花怒放，一湾瓯水清新。燕舞莺歌风送暖，姹紫嫣红沐好春。仿如获至珍。

骚客开怀吟颂，游人似醉香醇。经济腾飞前景美，万里鹏程耀日暾。欢声笑语闻。

瓯江口赏樱花

十里樱花灿似霞，佳人拍照度韶华。
花铺锦绣繁荣地，燕舞莺歌宾客夸。

咏瓯江北口大桥

瓯桥飞架终圆梦，跨海架桥工艺深。
放眼寰球创纪录，神州科技世人钦。

一剪梅·年年有余

花谢花开盛夏来，细雨飘飘，瓜果奇佳。农家欢乐庆丰收，财物多多，生态和谐。

似锦繁华喜满台，笑语常闻，富贵盈阶。城中乡下好风光，五谷丰登，百姓开怀。

望海潮·庆神舟十二号发射成功

行云流水，从容潇洒，三英再启航程。云汉梦圆，英姿飒爽，同夸老将新星。腾舞看雄鹰。太空展鹏翼，权霸魂惊。十二神舟，试看华夏发雄兵。

苍穹捷报功成。看中华崛起，气势峥嵘。莺舞燕歌，嫣红姹紫，霓虹不夜京城。天美驾长鲸。放眼观云海，遐迩闻名。独领航天技术，明日再长征。

浣溪沙·端午节

粽子芳香鸡蛋圆，艾蒿蒲剑插门边。妖魔鬼怪受熬煎。
多少春秋多少事，几多风雨几多年。汨罗江畔划龙船。

如梦令·南湖红船

红色南湖波涌，创建千秋中共。
盛世乐升平，百姓高声歌颂。
圆梦，
圆梦，
应是真情萌动。

望海潮·庆祝建党一百周年

　　红船航启，千秋伟业，峥嵘岁月韶华。漫步放歌，民安国泰，山河锦绣宁嘉。望朗月天涯，赤旗正飘拂，惊现云霞。紫气东来，百年飞跃振邦家。

　　初心不变无瑕，为人民造福，似锦繁花。圆梦奋行，凝心聚力，防微杜渐豪奢。当政绩尤佳，国计民生好，经济昌华。饥饿贫穷远去，黎庶喜相夸。

咏瑞安板寮村

　　红色基因代代传，板寮先烈决心坚。
　　抛颅洒血千秋颂，革命男儿奋向前。

满江红·风初静

天雨流芳，花怒放、诗书漫卷。栏畔倚，海天高阔，百花同赞。岁月红尘千百载，韶华剑气霜消散。夜渐沉、游子念回归，如飞燕。

丝柳软，风渐缓。霞似火，云如绢。望孤舟一叶，鹭飞鱼窜。海外桃源多曼妙，桑田沧海时沉醉。风初静，一曲念君安，随人愿。

鹧鸪天·寒夜有感

寒夜清清灯火明，手机网络会群英。千山万水来相聚，倾诉心中无限情。

伤往事，说阴晴。笔端墨宝叙伶仃。吟朋友谊金难换，无奈人间多不平。

醉花阴·冬至

飞雪皑皑偏耀眼，雨打玻璃板。沥沥响檐头，棉枕孤灯，词赋常敲练。

文章诗赋繁删简，志向高无限。奉献励精神，信念坚强，继绝多修撰。

武陵春·咏洞头

春到铜山真艳丽，万物俏红颜。
浪静风平鱼满船，更看月儿圆。

做个渔夫来体验，好玩又新鲜。
海上冰轮若美娟，执手赏蓝天。

醉春风·咏洞头小朴村马灯

姹紫嫣红美，马灯分外绮。
众人祈福颂中华，喜、喜、喜！
溢彩流光，辉煌小朴，芬芳花蕾。

好梦刚开始，醉春风璀璨。
龙舞海岛庆升平，礼、礼、礼！
鱼肉香香，佳肴可口，响锣千里。

长相思·洞头东岙七夕

鹊桥行，七星亭，东岙今宵扬美名，温馨又有情。
态轻盈，语盈盈，罗带同心见赤诚，海边潮已平。

西江月·惜时

独坐窗前闲看，红梅摇曳风姿。兰花香里读诗词，仄仄平
平是理。

天外有天须记，塔中藏塔神奇。少年好学正当时，莫让光
阴流逝。

一剪梅·无题

勤奋读书晨夕忙，幸福安康，美妙时光。
艰难道路志坚强，不怕崎岖，努力担当。
好友亲人永不忘，年老孤单，送暖朝阳。
光阴荏苒似江河，滚滚东流，几度沧桑。

如梦令·美丽校园

鸟语花香园里，琅琅书声盈耳。勤奋读经书，金榜题名心喜。真理，真理，天道酬勤应是。

桂殿秋·监考

黉舍里，教室中。答题握笔自从容。龙门鲤跃争相竞，菡萏尖尖露绿丛。

忆江南·共庆元旦

元旦夜，十亿庆新年。灯火辉煌如白日，人欢马叫舞蹁跹。百族闹翻天。

十六字令三首

风

风，摇屋敲窗大雪中。

平安夜，奋力扫贪虫。

云

云，变幻频频苍狗群。

无根物，顷刻乱纷纷。

雷

雷，闪电飞光腐朽摧。

滂沱雨，大地洗尘埃。

有感

人生有幸几回歌，痛苦开心如梦柯。
阅历沧桑多少事，欲成大事必多磨。

菊花

南国深秋万叶凋，菊花怒放竞妖娆。
平坡野坎争观赏，且赋初寒金甲骄。

参加考研学习

参加学习苦修研，奋发图强夜不眠。
有路书山勤作径，长风万里上峰巅。

学习古典诗词有感

面壁寒窗二十年，诗书吟读一天天。
推敲声律勤思索，平仄深研魂梦牵。

醉花阴·冬至

　　飞雪皑皑真耀眼，轻打玻璃板。断续又纷飞。棉枕毛绒，词赋常称赞。

　　文人雅士诗中见，志向高无限。奉献显精神，信念坚强，绝学勤编撰。

十六字令三首

花

花，美丽芬芳似彩霞。
轻轻嗅，香气更清嘉。

情

情，试问谁能说得清。
盈盈泪，生死结同盟。

喜

春，喜看堤边铺绿茵。
仙姿丽，万象正更新。

有感

不解春风偷日头，
功名自此付东流，
少年任性今方觉，
岁月蹉跎恨不休。

渔乡

家住渔乡安乐居，
飞驰宝马胜香车。
丰衣足食心愉悦，
饱读经书皆是儒。

中秋节

丹桂飘香月自圆，
荧荧玉镜照无眠。
蟾宫凄冷人孤寂，
那得人间歌舞蹁。

无题

人生短暂岂无花，
莫学夜郎自己夸。
历尽红尘酸辣苦，
坚强心志绽奇葩。

赞老师

三尺讲台非等闲，
春风桃李笑开颜。
一支粉笔传知识，
文化高峰领尔攀。

读书

岁月蹉跎无所求，
读书写作度春秋。
欣闻政府重才学，
冷凳坐穿方罢休。

咏牡丹花

高贵芬芳誉大千，
谁知美丽也熬煎？
命违女帝遭深恨，
被贬洛阳奕代传。

牡丹

口吐芬芳花自妍，
天姿国色有谁怜。
只因女帝生憎恨，
遭贬洛阳身受煎。

浣溪沙 · 枯木逢春

涌动心潮久不平，回思往事泪盈盈。逢春枯木梦魂惊。
无奈花开花又落，顺心佳运步难停。碧空飞雁过山城。

台风情景

无边暴雨罩渔乡，可恶台风势似狼。
霹雳惊雷斩魔怪，乌云驱散见阳光。

满庭芳·赞小朴村颜贻意董事长

旧壁低楼，栽花植树，马灯光耀千年。大家风采，颜鲁旧家前。后代人才济济，董事长、贻意多钱。并从政，洞头干部，药业创峰巅。

挥鞭，齐奋进，忙忙碌碌，再谱新篇。看前景光明，激励乡贤。克碍攻坚致富，心潮涌、工厂搬迁。行慈善，爱心无限，圆梦共婵娟。

小草

漫山遍野青，墙角坎边生。
胸记三春德，心牵一水情。
芬芳飘海角，倩影上荧屏。
愿做无名氏，迎来百代荣。

满庭芳·赞半屏山金岙

绿水青山，安安静静，古村诗韵新编。种花栽果，植物草坪妍。绿树啼莺自在，金岙外、海浪滔天。凭栏处，森林郁郁，好梦共婵娟。

当年，兴建设，蓝图共绘，两岸心连。现功成名就，不忘乡贤。石级台阶石凳，清一色、历久弥坚。悬崖畔，繁忙工地，灯火照无眠。

咏武则天

绝代红颜美，人和政畅通。
凌空悬白日，当世数英雄。
巾帼始称帝，武周开圣宫。
九州民富足，理治建丰功。

忆母亲

长思慈母恩，梦里泪飞奔。
病痛依然守，平常挚爱存。
呕心伴昼夜，好语暖春温。
世上娘亲重，人间最受尊。

孔子

圣人师表尊，奋力建儒村。
诸子潜心教，六经今世存。
周游行列国，学说耀乾坤。
万代精神驻，九州仁义论。

满庭芳·忆故居桃树

姹紫嫣红，庭前屋后，旖旎无限风光。叶抽花谢，青果眼微张。昔日时荒年苦，麦田里、拾穗寻粮。为生计、攀枝爬树，摘子夜间忙。

如今，逢盛世，家庭温饱，村道康庄。好运天天到，遍地春阳。桃树年年繁茂，变佳肴，邀客亲尝。罐头做，诱人美味，沉醉忆沧桑。

谷雨

春归谷雨来，农户听惊雷。
择日稻禾种，持锄田地开。
壮苗栽沃土，淤水下肥堆。
播撒莫叹苦，夏收粮满台。

家乡美

村临东海边，富庶史无前。
鱼贝满冰柜，琼楼壮海天。
兴来游泳去，夜静自安眠。
似锦繁华至，家乡日变迁。

卜算子·清明祭

无力拂春风，脚步轻轻放。已是清明满目愁，更把英雄想。
抗疫赞同胞，妖孽施魔掌。悲泣苍天祭国魂，哀曲低声唱。

黄河随想

飞龙浪涌天，华夏福音连。
甘露浊河满，人间鱼米鲜。
撒开金色带，铸就美诗篇。
国泰乾坤定，红心永向前。

杜鹃花

杜鹃花盛开，遍野漫山来。
绿坎西施立，红绸巧手裁。
含羞迎雅客，凝露下高台。
情爱难长久，悲啼人莫猜。

枫叶

枫叶惹人痴，嫣红姹紫时。
随风飘落地，挥笔可题诗。
装点秋山景，偷涂天女脂。
自由还自在，何必寄相思。

长城

长城万里长，嬴政固边疆。
数代征人泪，一道防寇墙。
烽烟慌劲敌，将士共安邦。
沧海桑田变，雄风万古扬。

咏柳

娉婷舞水塘，柔美似娇娘。

树下绿堤卧，林中紫燕翔。

风光媚无限，岁月静安详。

情爱千年久，丝丝细柳长。

五律·法治颂（新韵）

巡视到千家，违规要检查。

村民先懂法，事业走天涯。

长治久安定，依章众口夸。

人人享清福，共度好年华。

五律·普法颂（新韵）

普法要宣传，平安万万年。
好人驰正道，恶汉挞皮鞭。
遵纪依章办，秉公执法坚。
园香花朵艳，好景史无前。

五律·秋霜

寒霜摧落叶，野外雾茫茫。
柿子山头赤，菊花庭院黄。
风来枯草舞，雨下鲤鱼藏。
盛世清平乐，人间柴米香。

五律·咏雁

云汉排成字，往南群雁飞。

风餐霜露苦，雨宿旅途归。

万水千山远，一身双翅威。

吾思学此鸟，守信不相违。

五律·学习诗词有感

多年常作梦，有幸结诗缘。

元曲赏佳句，宋词吟美篇。

推敲声律苦，探究仄平坚。

深夜灯光下，挥毫思若泉。

五律·赏菊

迎寒秋菊开，娇美若红霞。

巧似灵丹草，香如云岭茶。

芳熏千叶绿，寿享百年华。

经雪更惊艳，高风宾客夸。

咏文成飞云湖（新韵）

飞云湖水煞澄清，

万顷资源蕴绿城。

浩瀚工程利百姓，

珊溪神女笑盈盈。

参观永嘉巽宅镇

人文自荟萃，
花草也多情。
为赏家山美，
高歌巽宅行。

咏金溪水电站

两岸群山烟雨萦，
泉流清澈鸟虫鸣。
金溪发电万家亮，
十里平湖笑语盈。

念奴娇·咏洞头海洋性气候

台风北去，浪淘尽、树叶枯枝满地。海岛渔乡，都说是、不降甘霖夏季。电母乌云，惊涛怒吼，暴雨狂风肆。阳光普照，浪平风静景丽。

回想久远时光，笑鸿蒙未辟，混茫天地。雨顺风调，鱼米乡、百姓平安岁岁。国泰民安，欢声笑语，九月飘香桂。眉梢喜上，苦甜遥忆沉醉。

满庭芳·颂海霞

东海飞霞，润芝诗赋，北沙儿女留名。遏波巡岛，巾帼出奇兵。铁血丹心谱曲，军营外、人杰精英。扬青史，火薪承续，众志筑长城。

深情，强护守，钢枪苦练，无上光荣。爱家国人民，永保忠诚。豪迈坚强气概，无拦阻、桑梓情萦。临前哨，风中雨里，唯愿保安宁。

采桑子·洞头颂

渔舟唱晚斜阳照，虾蟹盈筐，鱼贝装缸，帅气哥们赶集忙。
花红柳绿春光美，千里船航，百岛安详，乐业安居鱼米乡。

无题

有幸今生成教员，认真探索美诗文。
三更半夜挥批累，辛苦园丁当自珍。

满庭芳·海霞颂

百世流芳，立身海岛，北沙儿女留名。海霞巾帼，飒爽女民兵。铁血丹心谱曲，军营外、人杰精英。扬青史，相传薪火，看众志成城。

年轻，强国防，钢枪紧握，虎跃龙腾。看英发雄姿，岁月峥嵘。豪迈胸怀广阔，献一片、桑梓真情。巡前哨，风来雨去，黎庶卫安宁。

深水网箱养鱼

碧浪滔滔牧海天，网箱深水一田田。
随波浮动渔家宅，屋底鱼虾万万千。

中秋节有感

中秋良夜共婵娟，歌舞翩跹颂舜天。
撼树蚍蜉台独论，归心宝岛五星悬。
澳门香港双珠合，阿里昆仑一脉连。
寄语台胞齐奋力，当空明月庆团圆。

自勉

人生不怕苦辛多，暴雨狂风竞自由。
劫后余生春未老，耕耘勤奋少蹉跎。

纪念孙诒让先贤

玉海光芒万丈天，献身教育忆先贤。
耕耘立著丰碑树，冠绝神州三百年。

咏牛

腊月炎热茹苦辛，躬耕劳累见精神。
不求虚誉不求利，一颗丹心奉世人。

卜算子·荷

碧叶两株荷，怒放在山涧。一阵风吹加雨淋，花朵尤鲜艳。
无意苦争菲，泥垢休污染。君子风格美誉扬，藕果人夸赞。

登半屏山即景

崖险入云中，耳闻飒飒风。
足下波涛涌，东屏踞碧空。

章纶

仙溪有幸哺英杰，章氏为人胜梅雪。
落难胸中似铁坚，尽忠为国留高节。

"一带一路"赞（新韵）

丝路拂春风，飞车古道腾。
五洲生瑞气，经贸往来行。

喜迎十九大（新韵）

猎猎党旗迎盛会，国家经济在腾飞。
运筹帷幄宏图绘，伟业兴邦耀日辉。

国家公祭日有感（新韵）

血雨腥风五岳沦，侵华倭寇似狼禽。
赴汤蹈火抗魔孽，公祭国殇慰万民。

咏中秋节（新韵）

桂轮何皎皎，游子意滔滔。
待到团圆日，别辜玉兔邀。

屠呦呦获诺奖有感（新韵）

发现青蒿素，悬壶又造福。
蹒跚迎诺奖，齐颂中医璞。

咏茶山梅（新韵）

六月杨梅装满筐，茶山丹果暖心房。
农家喜悦眉梢挂，富裕山村步小康。

赞兰小草（新韵）

行善隐踪十五年，仁医播爱爱无边。
谁言世上唯名利，风范千秋留世间。

咏仙叠岩

千年叠翠赖天功，一展雄姿壮海疆。
墨客骚人登绝顶，横流沧海赋诗章。

如梦令·咏王昭君

明靓众芳羡妒，一曲琵琶作赋。
鸾驾送香人，却载史书深处。
留步，留步，千古社稷磐固。

加入中华诗词学会有感（新韵）

探索吟坛志浩然，百花园里正雄冠。
筹篇铸句寻幽韵，弄斧班门添一砖。

明月（新韵）

婵娟无限媚，天地共相偎。
新酿桂花酒，迎君醉一回。

教师

差生不被丢白眼，倾注深情育蕙兰。
小鲤龙门尽善跃，万家希望肩上担。

电视

笑语欢歌飞万家，荧屏频送彩云霞。
文明时代文明颂，电视村村绽绮花。

乡村三月

乡村三月好春光，油菜花开田地忙。
戴月披星劳碌晚，辛勤创业乐安康。

校园有感

书山学海路无涯，勤奋励精原有家。
一代栋梁新辈出，鹏程万里放奇葩。

五律·立春

春风一夜来，上苑百花开。
华夏瘟神灭，人民好运回。
和风吹绿草，细雨润青苔。
社会升平日，家家共举杯。

咏夜上海（新韵）

栉比高楼气势雄，华灯霓彩醉春风。
添花锦上观都市，文化旅游商贸隆。

海霞赞

（一）

肩横五尺枪，潇洒演兵场。
风雨无拦阻，同舟守海疆。

（二）

豪迈展英姿，丰功屡树碑。
浩然凌壮志，尚武世传奇。

《岁月无痕》
一书获中国首届东方文化特别奖有感（新韵）

默默耕耘二十年，香消人瘦意缠绵。
一朝花绽文坛上，天道酬勤总有缘。

喜获浙江省委党校研究生毕业证书（新韵）

三载寒窗不畏难，路途遥远未离鞍。

雨风无阻勤当径，探骊得珠喜跃然。

加入中国图书馆学会（新韵）

学海书山会有缘，潜心科教苦钻研。

十年心血开花果，百尺竿头别有天。

马杏潭之夜（新韵）

夜深听海潮，风韵岭松萧。
月幻嫦娥舞，秋光无限娇。

醉太平·清明

清明景新，初春雨频。东风无意吹云，看忧愁伴人。
思君忆君，夜牵梦魂。今朝相见溪滨，怕天阴日昏。

谒金门·雨中即景

　　风和雨，交替树间飞舞。路上行人纷受阻，风吹花伞去。

　　又是雷公惊怒，万物归于何处。庭院落英愁楚楚，蕙兰依玉树。

后记

　　日子过得真快，又快到年底了。回想这将近一年的工作、学习，不得不感叹岁月匆匆，时光荏苒。在这一年中，我做了一些自己认为蛮值得做的事情，一个是学业上的事情，江西农业大学硕士研究生班已经学习完成了大部分功课，福建师范大学的第三本科学历心理学也差不多要完成全部的课程了；另一个是工作上的，在学校图书馆工作，算是比较得心应手了，原因是已经工作了二十多年了，这学期还兼着学校文学社团的指导师工作。我们的文学社团是洞头区教育局授予的精品社团，有着悠久的历史，历届的社员都有着不俗的表现，他们在参加教育部、温州市教育局等单位举办的文学比赛中都获过大奖，并且基本上都考上心仪的大学，在各行各业中都做出自己的成绩，这是我唯一替他们高兴的事情。从事教育工作这么多年，学生永远是我最宝贵的财富，我的人生因学生而精彩。今年我还被洞头区教育局授予"书香教师"荣誉称号，在此我要感谢领导、同事和家人，我的每一点滴进步都离不开你们的鼓励和

帮助，我们的安居乐业更是我们时代进步的体现。

此外，在这一年中，我也分秒必争地完成了许多文章，参加了许多比赛，比如参加了浙江诗词大会温州市赛区的比赛。虽然是第一次参加比赛，拿了三等奖，但也让我明白，只要想学，任何年龄都不会晚，只要下功夫，许多困难都会解决，正所谓"有志"不在年龄。在这些比赛的过程中，我也得到来自兄弟——大哥的关怀和帮助，虽然他自己也因为家庭事业而十分忙碌；还有我的兄嫂侄儿们，对我也是非常客气、友好，我时常回老家蹭饭，兄嫂们总是热情款待，好吃好喝的都有我的份。

但更多的是对写作、文学的情怀。俗话说，"行千里路，读万卷书"，虽然疫情时有影响，我们在忙碌的同时，也是少不了要读万卷书的，虽然我们难得有条件出去远游，但书籍是可以陶冶我们的情操的。与书为伴，我们将高贵、聪慧，与书为伴，我们将以梦为马、不负韶华，我们终会到达终点。最是书香能致远，与书为伴，清净恬淡；以书为友，不见忧愁；跟书相牵，美名相传……

在这一年里，我整理修改了几万字的文章，有时忙碌到深夜才休息，这其中的艰辛，只有过来者才会有所体悟。

最后还是要感谢区宣传部的领导同志，在经费非常困难的情况下，把我这本书入选洞头区文艺精品扶持项目，解决了一部分经费。

该书的顺利出版，是离不开各级领导和友人的鼎力相助的。在此感谢浙江省科普作家协会文艺委主任、著名科普作家卢曙火先生在百忙中为该书作序，中国科学院文联名誉主席、著名科普作家郭日方先生题字；感谢浙江大学杨达寿教授、中共浙江省委组织部胡永林先生、著名学者诗词大家吴亚卿教授、洞头区职教中心干部柯海斌先生、鹿城区书法家协会主席施展先生、加拿大诗人闻山先生的题词。该书的出版还得到以下领导、友人的关心和支持，在此一并感谢：叶钢、曹高宇、林新荣、邵龙宝、林海涵、张永坝、陈文林、王一平、叶子龙、叶璐、叶翔翔、张素琼、叶珊珊、叶帅等人。感谢家人的帮助和支持，也感恩一切关爱我的人。